ČEDOMIR ILIĆ

ČEDOMIR ILIĆ

Milutin Uskoković

Globland Books

Ova knjiga je posvećena poginulim Srbima
u ratovima 1912. i 13. godine,
jer oni koji su pali za Otadžbinu,
po rečima jednog velikog pesnika prošlog stoleća,
zaslužuju da na njihove humke dolazi svet
i molitve čita;
među najlepšim imenima njihovo ime je najlepše;
sva slava, pred njima, bledi i gubi se,
i kao što bi radila majka,
glas celog naroda ih ljuška
u njihovim grobovima.

M.U.

U subotu 9. jula 1900. godine, Čedomir Ilić, glavno lice ovog romana, koračao je lagano svojim uobičajenim putem iz Biblioteke na Terazije, pa Krunskom ulicom na Vračar, gde je davao lekcije jednom gimnazistu. Bilo je oko pet sati predveče. Dan je bio kao svaki letnji dan. Ulice se sivile od prašine. Iz njih je bila još toplina jake dnevne pripeke. Ipak se osećalo nešto svežine od vetra koji se dizao sa zapada i nanosio pokoji oblak. Sveta je bilo pred kafanama, po trotoarima. Vrapci se čuli na krovovima, u olucima. Jedan šegrt je išao sredinom ulice, nosio na glavi trubu od fonografa i pevao koliko ga grlo donosi jednu orfeumsku pesmu koja je tada bila u modi.

„Ovome je sve ravno do Kosova!", nasmeja se Ilić u sebi.

On je bio student filozofije, vrlo visok, gotovo džigljav, ali mlad, prijatnih, muških crta, buljavih očiju, koje su u trenucima živosti izgledale kao da hoće da iskoče iz glave, obučen nešto nemarno, sa kravatom koja se pela uz potiljak, ruku zavučenih u džepove od pantalona, siguran u sebe, u svoju budućnost, u dobro koje će činiti svojim sugrađanima, Srbiji, možda celom čovečanstvu.

Kuća u kojoj je držao kondiciju nalazila se pri vrhu Krunske ulice. To je bilo kod jednog gimnazijskog profesora, Jovana Matovića, poznatog opozicionara, koji je osuđen kao veleizdajnik i sad se nalazio u Požarevcu, na robiji. Njegova žena, kad se tako našla iznenada bez muža i prihoda, povukla se u jednu kućicu iz dvorišta, i tu, od onoga što joj je ostalo od miraza, živela sa decom, skromno, tešeći se da to neće uvek tako trajati. Imala je četiri deteta: najstariju ćerku, Paraskevu, koja je imala šesnaest godina, hramala na levu nogu, i kojoj su njeno neobično ime — ime profesorove majke, seljanke — promenili, tepajući joj: Bela. Posle ove devojke, došao je Mladen, bistar dečko, ali lenština, sklon svima slabostima prostog naroda, kao da su u njemu vaskrsavali preci njegove majke, ćerke Cincarina, handžije na carigradskom drumu, koji se docnije obogatio, i oca, rodom iz jednog zlatiborskog sela, čiji se otegnuti naglasak i govor kroz nos održavao još posle tolikogodišnjeg aklimatisanja u Beogradu. Mladen je bio pao u trećem razredu iz dva predmeta — osveta reakcije! kako je smelo tvrdio — te ga je Ilić poučavao za skromnu nagradu. Ovu platicu nadoknađavala je gospa-Matovićka u pažljivom ophođenju, u slatkom i kafi, komplimentima i u kiseloj štrudli s makom svakog praznika. Tu povučenu opozicionarsku porodicu dopunjavale su još dve devojčice, bliznakinje, s crvenim trakama u kosi, slobodne, radoznale i pune priča o mački, kokošima i đavolu.

Tu, u Krunskoj ulici, iznenadi se improvizovani učitelj kad pred jednom privatnom kućom spazi dva vojnika na straži, s nožem na pušci. Iza njih se šarenele dve pokretne stražare od dasaka, obojene u srpsku trobojku i s drvenom jabukom na vrhu.

„Šta mu je to sad?", upita se Čedomir nesvesno.

Toliko je puta prolazio pored te zgrade, a nikad nije primetio da u njoj sedi neko koga treba čuvati. Upravo, ta mu je kuća tek tada pala u oči. To je bila nova građevina, nalik na izvesne beogradske kuće podignute pre dvadesetinu godina za stanovanje jedne otmenije porodice. Na uglu koji je pravila Krunska ulica sa drugom poprečnom ulicom, jednospratan, s dosta visokim suterenom, obojen žućkastom bojom koja prelazi u ružičastu, s mrkim šalonima što su bili diskretno spušteni i s figurama kupidona koji drže vence ispod prozora, ovaj je dom činio lep i otmen utisak u gomili drugih rabatnih kućica koje su tada ispunjavale taj kraj.

Mladi čovek nije voleo da ima posla s vojskom, te pređe na drugu stranu, gde se uzdizao neki plot, nakrivljen, truo pri zemlji, pobeleo od kiše i vremena. Veliki žbun jorgovana nadvišavao je ogradu i pružao svoje grane, sa širokim lišćem, ka ulici i suncu. Ilić se ipak okrenu i pogleda u vojnike, u njihove drvene stražare, pa onda u kuću, ali ispod oka... kao da ga se to ništa ne tiče. Redovi, mladi momci u ozbiljnoj, plavoj uniformi, držali su puške o ramenu i blenuli neodređeno u prazninu ulice. Kroz širom otvorena glavna vrata, na sredini kuće, videle se prostrane stepenice, jedna sivkasta, uska, luksuzna prostirka, dva zelena suda s tropskim biljkama uvrh stepenica i, najzad, unutrašnja vrata, čija su okna od izvezena stakla sprečavala pogled da prodre dalje.

„Možda je kakvo poslanstvo!", odgovori mladić samom sebi.

Tek na kondiciji dozna za veliku novost koja se još od podne šaputala po porodicama bliže Dvoru i ministarskim kancelarijama.

— Kralj se verio! — dočekala ga je Bela u kujni, u koju se prvo stupalo pri ulazu u veleizdajnikov stan.

I to nije bilo sve... Verio se sa njihovom susetkom, ženom iz naroda, udovicom jednog inženjera, bivšom dvorskom damom svoje majke, starijom od sebe deset godina. Vlada nije odobrila kraljev postupak, shvatila ga kao skandal i podnela ostavku. Predsednik kabineta, koji se nalazio na strani u banji, pridružio se telegrafski odluci svojih kolega. Kralj otac, koji se takođe bavio u inostranstvu, nije krio ogorčenje na svog sina. Vojsci je naređeno da čuva granicu i, pod pretnjom smrti, da ne dopusti kraljevom ocu ulazak u zemlju. Reakcija je pala. Njeni glavni stubovi skrhali se kao od stakla. Kralj se sad, prirodno, obraćao narodu, činio obećanja, odricao se dosadanjih doglavnika koji su ga izneverili. Kao prvo što se očekivalo, bila je amnestija političkih krivaca.

Sve je to Bela ispričala Iliću brzo, bez veze, zadihano, kao da je onaj mladić Kralj otac ili neki aktivni političar, kakav faktor tih događaja, kojima će on dati ovakav ili onakav tok. Ona je bila vrlo vesela, otvarala jako svoja nešto bleda usta, zaboravljala na svoju sakatost, hramala oko studenta, pljeskala rukama, pucala prstima i naročito ponavljala:

— Tata će doći... tata će doći... je l'te da će doći?...

Gospođa Matović se takođe pridruživala ćerci, govorila uglas, pričala o novoj kraljici, izgovarajući polako njeno ime iz prvog braka, davala detalje o njenoj porodici, o njoj samoj, poznanstvu u Bijaricu, o dugovima i podužicama, pominjala nepoznate ljude i žene, naročito žene... Za skandaloznu stranu toga događaja brinuo se Mladen, koji je vukao svog učitelja za rukav, šaputao mu nešto propinjući se na prste, i grdio majku i sestru:

— Ta ostav'te čoveka!... Probiste mu uši vašom drekom.

Od lekcije nije bilo, naravno, ništa.

— Pokazaću ja sad reakcionarima kome se daju dvojke! — govorio je dečko samouvereno, ciljajući na profesore koji su mu dali slabe ocene. — Samo dok se moj ćaća pusti s robije.

I sve troje su tako verovali u brzo i potpuno pomilovanje Jovanovo, da se njegovo prisustvo gotovo osećalo u kući. Mladi čovek ne hte pokvariti ovo prisno veselje doma, koji je poslednjih godina znao samo za zle strane života: odricanje starih prijatelja, kinjenje od strane vlasti, svakojake oskudice i poniženja, te odloži čas, i htede se vratiti. Ali ga gospođa ponudi da se odmori.

— Napolju je još velika vrućina — reče ona — a, bogami, ni naša kuća nije blizu.

— Ne žur'te se, gospodin-Iliću — prihvati i Bela, mećući u svoj malo piskav glas nešto prirodne ženske želje za dopadanjem.

Mladen ga je pozivao takođe:

— Hajdete... hajdete. Da vam pokažem brazilijansku marku što sam je kupio od jednog Jevrejčeta.

Oni su bili još u kujni. To je bila odaja popločana ciglama. U jednom kraju se nalazila gvozdena peć, nesrazmerno velika prema samoj kujni. Po zidovima su visile izribane tepsije, tiganji, bakračići, tendžere, lonci starinskog oblika, koje je gospa-Matović nasledila od svoje majke. S ovim posuđem od bakra mešali se moderni sudovi od zemlje ili emajla. Iz kujne se ide u dečju sobu, gde je Čedomir obično držao lekcije. Ona je bila ispunjena trima posteljama, među kojima se svaka razlikovala: jedna je bila gvozdena, druga drvena, treća na nogare. Tu sobu je mogla obitavati porodica jednog manjeg trgovca kao i jednog boljeg radnika: ništa u njoj nije davalo utisak raskoši; sve je bilo potrebno, čak preko potrebno. Što se tiče reda, on nije bio za preteranu pohvalu; po patosu se povlačio jedan šal, na jednoj postelji poznavalo se još kako je neko spavao, po drugoj je bilo prosuto jedno paklo karata; prašina se videla po ramu od ogledala.

U trećoj odaji, koja je zamenjivala salon, Ilić nije bio nikada. Gospa-Kleopatra — tako je bilo kršteno ime Matovićki — nije u svemu delila demokratska ubeđenja svoga muža; po njenom mišljenju jedan siromah đak treba da je zadovoljan što ulazi i u dečju sobu; inače je sirotinji mesto u kujni. Ali ovog srećnog dana, ona htede pokazati tome đaku da ona nije mačji kašalj, da ona ima nešto više od te tri postelje i bakrenog posuđa. Stoga ona pozva mladića u salu. To beše niska, neizvetrena odaja, s navučenim zavesama. Čedomiru, koji pređe naglo iz svetlosti u pomrčinu, trebao je jedan trenutak, pa tek da vidi gde se nalazi. Ovu prizemnu sobicu ispunjavao je jedan okrugao stočić, zastrven uskim, čipkanim zastiračem, koji je visio na dve strane. Na njemu se uspravljalo nekoliko fotografija u ramu od slame. Tu je ležao još jedan album, povezan u pliš, gomila posetnica i karata sa slikama. Do zida se nalazila jedna postelja, od orahovine kao i stočić, prostrana supružanska postelja, pretvorena u jednu vrstu divana, tako raspremljena s jastucima unaokolo i širokom prostirkom pirotske izrade. Prema postelji, opet do zida, stajala su dva skupocena ormana, izolučena pri vrhu, oštećena upotrebom na nekoliko mesta. Uglove su ispunjavale nekolike stolice, s visokim pravougaonim naslonom, prevučene kožom. Bela priđe prozoru i otvori ih obadva. Čedomir je sad mogao bolje videti salon. Primeti veliku biblioteku, punu povezanih knjiga. Na vrhu jednog ormana stajalo je poprsje Vuka Karadžića s fesom na glavi. Desno od ormana, na stočiću umetničke izrade, nalazila se u zlatnom okviru fotografija crnogorskog kneza sa svojeručnim potpisom. Jedno veliko ogledalo na nogarima popunjavalo je prazninu između prozora. Na zidu prema njemu, više postelje, visio je u prirodnoj veličini portret Ma-tovićev, rad jednog od naših starijih slikara.

Kroz širom otvorene prozore dopirao je u sobu veseo šum Beograda koji se budio predveče, kao odahnuvši posle velikih vrućina. Prozori su gledali u vrt, čije voćke, još mlade, pružale su mršavu senku po zemlji. Sunce je zalazilo za jedan oblak, bacalo zrake i čarobno osvetljavalo parče neba koje se videlo, nekoliko susednih krovova i zarudele kajsije u bašti.

— Vi volite kajsije? — upita Bela mladića, pa ne sačekavši odgov-ora, okrenu se naglo na zdravoj peti, dohvati se otvorenih vrata, i, poklecnuvši samo jedanput svojom hromom nogom, već beše u drugoj sobi. — Što su divne, samo da znate!... — ču se otuda njen glas, jasan sad kao od čistog metala.

— Nisu mnogo rodile ove godine, pa su krupne i vrlo lepe — dopuni gospa-Kleopatra svoju ćerku; zatim se obrati svome sinu: — Sad će otac da se vrati, pa pazi, Mladene. Nemoj da se mangupiraš. Nego uči. Inače, pravo ćemo te na zanat... Ugledaj se na gospodin-Čedomira. On je siromah đak... pardon, gospodine Iliću — popravi se gospođa s nešto starinske gracije i s laskavim osmehom, koji preli celo njeno lice, čak do podvoljka i širokog vrata, pa reče značajno: — U vašim godinama, sirotinja nije zazor.

Čedomir pocrvene i zbunjeno odobri gospođinu izreku.

Utom se Bela vrati s punim tanjirom rumenih kajsija.

— A noževi? — prebaci joj majka.

— Ju! — trže se devojka. — Mladene donesi.

Dečko ustade lenjo i, klateći se s noge na nogu, upita s vrata:

— A gde vam stoje?

Najzad ih donese: malene nožiće za voće, sa oštricom od mesinga i drškom od porcelana, po kojem su se plele plavetne šare.

Oni su sedeli tako, jeli kajsije, govorili o profesoru Matoviću, o novoj političkoj situaciji, o budućnosti koja čeka zemlju.

— Izvol'te, gospodin-Iliću — nudila je Bela kajsiju koju je sama iskrižala, i prekidala priču svoje majke o njenom životu s Matovićem, selidbama s jednog kraja Srbije na drugi, otpuštanjima iz službe, bežanju u inostranstvo, svakovrsnim nepravdama, hapšenjima i osudama na smrt.

Mladi čovek pogleda gospođicu Matović.

Ona je sedela do njega i posmatrala ga veselo, gotovo bezazleno i u isti mah nestašno. Bela je imala belo lice s kožom koja se činila kao postavljena jedva primetnim rumenilom. Oči su joj bile majčine: crne, žive, maslinaste, oči kao u neke lepe životinje. Kosa, još crnja od očiju, okružavala je njeno lice kao talas. Njeno današnje oduševljenje davalo joj je izraz punoće, savršenstva. Sa zaokrugljenim ramenima, koja su se pogađala pod lakom materijom letnje bluze, i nežnim licem devojke, čija hromost nije dopuštala česte izlaske na otvoreno polje i sunce, ona se učini mladiću slatka i meka kao ta voćka koju mu je nudila.

On uze kajsiju i, nehotice, načini devojci jedan kompliment:

— Gospođice Bela, vi ste vrlo ljubazni.

Jedna ptica zapeva u bašti.

Čedomir je još ranije naslutio da devojka nije ravnodušna prema njemu. Jer našto onda onaj njen zadivljen pogled i nervozno ugrizanje usne, kad bi ga slušala kako objašnjava Mladenu kakvo pravilo iz matematike? I našto ono njeno podigravanje kojim je htela da sakrije svoju sakatost pred mladićem? Ili je to bio samo znak zahvalnosti što je Ilić imao stalno pokoju lepu reč za nju, devojku koja je svoju manu osećala sve dublje, jedno što je pristizala na snagu, te je već imala potrebu da se dopada ljudima, i drugo, što su je drugarice, ćerke činovničkih i ostalih takozvanih uglednih beogradskih kuća, zavisnih od vlade, ostavile iznenadno, naprečac, demonstrativno, što joj je otac proglašen kao protivnik postojećeg stanja, antidinastičar, jatak kraljoubicâ i šta još ne, što je jedan lični režim načinio od ovog Užičanina, koji je, pored svoje struke, voleo slobodu, želeo dobro svome narodu i imao stila u člancima što ih je pisao po opozicionim listovima?

Oduševljenje porodice Matović pređe i na mladog čoveka, te kad izađe od njih, oseti kako mu se grudi nadimaju od nekog osećanja nepoznatog, neodređenog. Koračao je ulicom, gledao pravo sve što je sretao i nije video ništa. Toga dana nije se ništa naročito dogodilo lično njemu, ali je njegovo srce uzdrhtano lupalo u grudima, kao da se dešavalo nešto što će izmeniti ceo njegov život. On je bio duboko zauzet samim sobom i video u tom trenutku ceo svoj dotadanji život kao jednu sliku, kao jednu predstavu.

II

Čedomir Ilić rodio se godine 1878. u Valjevu, gde je njegov otac bio računoispitač. Ilići su bili poreklom iz jednog sela na granici valjevskog i užičkog okruga, na divljačnoj padini planine Povlena. Tu se naselio njegov pradeda Ilija, po kome su i ime dobili. Sve što je Čedomir znao o ovom svom pretku, bilo je da se borio na Zasavici, po svoj prilici u četi Zekinih golaća, da je tu bio ranjen, osvestio se u nekom potoku dva dana posle bitke, pa kako su Turci već čuvali Savu, on nije mogao prebeći u Austriju, nego se krio po okolnim gajevima, povlačeći se dublje u zemlju, dok se nije zadržao u Povlenu, u nameri da hajdukuje, ali se tu oženio i okućio. Ilićev deda, koji se takođe zvao Čedomir, naučio je čitati i pisati sâm, za stokom; kmetovao je dugo godina, parničio se još duže sa seljacima iz susednog sela oko jedne vodenice, da je izgubio sve što je stekao i pred smrt sačuvao jedva ono malo što mu je od oca ostalo. Čedomirov otac, Stevan, izučio je seosku školu, pa je pokušavao da produži gimnaziju, svršio dva-tri razreda, posle stupio u trgovinu u Beogradu, pa onda prešao u državnu službu, dobivši za prepisača u Valjevu, gde je načinio celu svoju karijeru. Tu se oženio, podockan, kad mu je bilo trideset godina, ćerkom jednog poštara. Baš odmah posle njegove svadbe udari novi državni drum preko njegovog dela očevine, te sa sumom koju je otuda dobio i kreditom od Uprave fondova sazida lepu kuću u jednoj od glavnih ulica. Čedomir je proveo skučeno detinjstvo u toj kući gde se morao održavati izvestan rang, a gde se grcalo od dugova;

rano je poznao poniženja, tako uz tog oca surih, smernih očiju, smeđe nakostrešene brade, niskog rasta i velikog trbuha, činovničića s malim kvalifikacijama koji je morao da krši leđa pred svakim starijim, da krije svoja osećanja, da se odriče svojih mišljenja i da se večito povlači u sebe, te mu je valjda zbog toga čaršija dala nadimak: Jež. Stevan se nije slagao sa ženom. Ćerka jednog birokrate iz doba prvih činovničkih vlada u Srbiji, ona je bila večito za održavanje neke vrste plemstva, zahtevala je skupocena odela, svečane ručkove, u kući se kuvalo dvaput više nego što je trebalo, prosipalo se, bacalo, razdavalo susedstvu, i, naravno, plata nije bila dovoljna. Čedomirova sestra, koja je od njega bila starija dve godine, bila je već kao dete kaćiperka i, u domaćim svađama, stalno na strani svoje majke. Računoispitaču život nije bio ružičast. Kad bi mu se dosadilo sve, on je izlazio izvan varoši i lutao po okolini dugo, do samog mraka. Ponekad bi poveo sa sobom Čedomira i onda mu objašnjavao mnoge stvari, pokazivao mu nepoznato cveće, koje je zvao bilje, njihove krunice, prašnike, tučkove; na obali kakvog druma pokazivao mu slojeve zemlje, izlagao geološke teorije, upućivao ga u život prirode, gde se drvo s drvetom bori za što više sunca. Ponekad bi se zaboravio i žalio što nije više učio škole. U to doba bila se već uveliko razvila borba između školovanih i neškolovanih činovnika, te je računoispitač mislio da je cela njegova nesreća dolazila od njegove niske školske spreme. Stoga je i Čedomir razumeo da će njegova sopstvena sreća doći ako bude što školovaniji, što načitaniji.

Šestu godinu je navršio u junu, a već u avgustu molio je oca da ga upiše u školu. Dotle je sam naučio čitati i pisati iz sestrinog bukvara. Škola mu je išla lako, kao voda, kako se to kaže u Valjevu. Kad bi učitelj ispričao lekciju, o šljivi na primer, on ju je već umeo ponoviti celu. Učitelj, koji je za svoj račun učio nemački jezik, nazivao ga je: Wunderkind. Prvu zabavnu knjigu koju je pročitao, bilo je jedno starinsko izdanje posrbljenog *Robinzona* koji se iz nekog dalmatinskog pristaništa ukrcava na more. Kao gimnazist drugog razreda pročitao je *Odiseju*, veliku, debelu knjigu u zelenim koricama, u prevodu nekog Grka, čije je ime, i docnije, s mukom izgovarao. Čitao je sve što mu do ruke dođe: naučna otkrića, romane, izveštaje varoške štedionice, stranačke listove, udžbenike iz starijeg razreda, Pelagićeva dela, narodne pesme. U svakom razredu bio je prvi đak, imao je same petice. U raspravi pojedinih pitanja mogao mu je pozavideti mnogi stariji drug; čak i poneki profesor nije imao te širine u obrazovanju. On je to znao i nije se čudio; on je sebe već tada proglasio za velikog čoveka.

Kad je stupio na Veliku školu, on je tamo našao dva odelita tipa među svojim novim drugovima. Jedan je bio već gospodin, ciničan, nametljiv, izveštačeno bezbrižan, bez vidljivog interesa za politiku. On je već u dvadesetoj godini naučio da mu život donosi čist prihod. Njegova je deviza: uživati i uspeti. Ponekad pada u sevdah, i tada peva prilično. To su oni koji odavno imaju gotov plan školovanja, služe vojsku odmah po maturi, upisuju za to vreme semestre na univerzitetu, i već znaju vrednost godinama službe. To su oni koji kao đaci dobijaju mesta po Skupštini, raznim ministarstvima i ostalim velikim nadleštvima, gde je rad manji, a plata veća. Oni osnivaju tanšule, sastavljaju pevačka društva, priređuju koncerte po otadžbini, po izuzetku se predstavljaju kao velikoškolci, prave slatko lice poznatijim gospođama na šetalištu, znaju za devojke s velikim mirazima. Njima je svejedno koji režim vlada, jer im je svaki dobar... u svakoj partiji, grupi ili kući od uticaja, oni imaju svojih ljudi i familije; ipak pretpostavljaju reakciju. Savitljivi, pomirljivi, udružljivi i bezlični, ovi mladi ljudi su, docnije, mahom glave parlamentarnih režima.

Drugi tip je bio velikoškolac-političar. On ne pazi na spoljašnost; pa kad to i čini, radi u suprotnom pravcu: pušta bradu, čupav je, aljkav, nosi umašćen šešir i uzdignutu jaku. On je slobodouman, bar u teoriji. On je za sva prava, bar dok ne dobije svoje pravo. Nevin u stvari, on je drzak u rečima. On je radikal, demokrat, socijalist, republikanac, revolucionar. On se ponosi što stvari shvata materijalistički. Poezija mu je prazna sentimentalnost šiparica iz pansionata. Ideal mu je što i svaka komedija. Za njega ne postoje nauke, nego Nauka. On je vatreni pristalica pozitivističke filozofije. On primenjuje njeno materijalističko shvatanje na delu: njen gvozdeni zakon konkurencije opravdava mu svako sredstvo, te postaje jedna vrsta modernog divljaka. To su ljudi obično sa sela ili, ređe, iz kakve propale varoške kuće. Oni su još u desetoj godini osetili naličje života. Kultura im je pokazala samo svoje zle strane, izvukavši ih iz kuće koja je sama popunjavala svoje potrebe i gde je trebalo novca samo nešto za porez ili molitvu. Oni nisu rđavi nikako: oni vole taj primitivan život, oni često imaju ljubavi za dobro i izvrsnih namera. Ali, njima je novi život ubrizgao staleške mržnje i poniženja. Njih razjeda otrov socijalne surevnjivosti. Oni su u stanju da omrznu čoveka kad na njemu ugledaju novu kravatu. Taj tip se buni protiv vlasti, ne da bi je načinio boljom, nego da je dočepa u svoje šake. I on ne želi vlast da učini dobra sebi ili drugom, nego tako... radi same vlasti i da je drži u svojim rukama, kao tvrdica zlatnike, i da se sveti, da ruši, da obara. Zastavnici progresa, oni su njegovi najljući protivnici. Lično za sebe, oni ne traže mnogo. Najviše, da se, došav na vlast, provezu preko Terazija na fijakeru, koji nazivaju intovom. Ovi mladi ljudi jedu vrlo malo, troše što god imaju na novine i brošure, čitaju nadohvat popularne knjige, ne pišu ništa, polažu mnogo na besedništvo, i žive, skriveno, po Paliluli i Englezovcu, s kakvom histeričnom gazdaricom. Obeleženi ovim vrelim gvožđem surevnjivosti, oni ulaze u politiku i gube svoje iluzije. Tesnogrudi, ambiciozni, naprasiti, ćudljivi, ako se ne odadu piću, oni postaju, na kraju, najljući reakcionari.

Ilić se nije družio s prvom vrstom svojih vršnjaka. Oskudevali su mu za to vaspitanje i sredstva. Otac mu je umro još dok je bio u gimnaziji, te je od kuće dobijao vrlo skromno izdržavanje. Ipak je imao nečeg zajedničkog s njima, jer je imao priličnu dozu epikurejstva u sebi; on je voleo sve što je prijatno, lako, novo, lepo. U nedostatku materijalnog uživanja, on se bacao sav u svet knjiga, misli, snova. Mesto putovanja u Vrnjce i Abaciju, on je zajedno s Flamarionom posećivao Mesec, zvezde, cele sunčane sisteme, gde je otkrivao milione novih stvari, čuda, lepota, kakve ne bi našao ni u najčuvenijoj svetskoj banji. Viktor Igo ga je vodio po najsjajnijim i najtamnijim krajevima Pariza, Tolstoj mu je otkrivao beskrajnu Rusiju s njenim divljim kneževima, gotovo idiotskim altruizmom, sa seljacima-svecima, i nepreglednim površinama leda i snega. Živeo je samo duhom. Pronalazio je masu zadovoljstava radeći dan i noć. Učenje mu je izgledalo najradije, najsretnije rešenje čovečjeg života. Ponekad bi ga obuzela neka ideja, kojom bi rešio jedno od mnogobrojnih pitanja što su tada zanimali intelektualnu mladež, misao maglovita, nejasna, ali stvarna, živa, koja ga je pratila, legala i dizala se s njim iz postelje, i sa kojom je živeo kao sa metresom.

Pretpostavljao je društvo onog drugog tipa svojih kolega, društvo studenata političara. Oni su mu bili bliži po njihovom jednostranom vaspitanju, po sredstvima, po temperamentu. On je među njima, među tim radikalima, socijalistima, republikancima, koji se u to doba borbe za osnovna građanska prava nisu razlikovali jedan od drugog, nalazio mnogo oduševljenja, volje de se radi nešto veliko, smelosti da se kida sa svime što je staro, štetno, ustojalo. Pun rđavog iskustva o pravdi velikih prema malim, jakih prema slabim, on je brzo postao ubeđen u teorije materijalističke filozofije; divlje mržnje njegovih drugova na postojeće stanje, od koga mu je pucalo srce i bridela leđa, zvonile su mu kao pesma nade, utehe, bune; njihova vera u budućnost i sopstvenu vrednost unosila mu je u krv penušavo oduševljenje kao od nekog jakog pića. Stoga je Čedomir redovno posećivao njihova tajna udruženja, učio napamet pojedine fraze, zurio duboko u noć u nepodgrejanom i poluosvetljenom ćileru kakve sirotinjske kafanice, gde je jedan od njih držao agitaciono predavanje. On je bio verna glasačka vojska po đačkim zborovima, gde se drao i skakao na prvi znak borbe. Potpisivao je rezolucije, mrzeo bogatašku klasu više nego što je voleo puk, bio gord sa svojih materijalističkih ubeđenja i, na demonstracijama, fanatički izlagao leđa žandarmskim kundacima. Šta to mari! On je voleo slobodu, verovao u njenu svemoć, zamišljao ju je kao more, kao vazduh, nešto prostrano, blagosloveno, opšte, svačije. On je od ove krilate reči očekivao sve: narodno blagostanje, svoju sopstvenu sreću, socijalnu pravdu i ujedinjenje Srpstva. Tražio je slobodu u veri, književnosti, u nauci. Sve snage je trebalo uložiti u borbu za slobodu. Posle će doći ostalo samo po sebi, ako je ko tada uopšte mislio šta će posle doći!

U tim idejama svršio je prve dve godine. O raspustu ga je čekalo jedno iznenađenje kod kuće. Majka mu reče da mu sestru prosi Vićentije Simić, sekretar suda. Bila je puna hvale za mladog činovnika. Tako isto i sestra. Samo, rekle su mu, traži deset hiljada dinara miraza.

— Ništa manje! — podsmehnuo se Čedomir.

— To nije mnogo — dočekala ga je sestra — mlad je, lep je, obrazovan, ima plate dve hiljade, otvoriće advokatsku kancelariju...

Ilić je prekinu:

— A otkud tebi i deset hiljada para?

— Pa imamo kuću, hvala Bogu — umešala se majka.

Mladi čovek nije hteo da čuje o toj operaciji koja bi ga lišila očevine. On je znao koliko je njegov otac imao muke dok je tu kuću podignuo i očuvao. Koliko truda, koliko briga, koliko uzdaha oko plaćanja duga kod Uprave fondova, poreza, osiguranja od požara, stalnih opravki i popravki. I sad, da se tu useli neki Nišlija samo zato, što gospodin saizvoljava uzeti njegovu sestru za ženu. Majka je pokušavala da ga umiri, privoli.

— Odreci se nasledstva — govorila je — pa će ti se osigurati izdržavanje sve dok ne svršiš školu, kao i meni udovički užitak. A kad svršiš školu, šta će ti ova straćara! Idi kud te oči vode i noge nose, pa traži sebi devojku. A kad je nađeš, seti se koliko je Vićentije uzeo, pa ti traži dvostruko. Ilić je odbijao. Nije on vodio računa o bogastvu. Ne, izgledalo mu je to pazarluk, kao da trguje sa kožom svog rođenog oca. Ta kuća je sazidana da bude utočište sviju njih i da se svakom članu porodice nađe na nevolji. Ali mladi čovek je zalud navodio razloge dvema ženama, koje su se zanele u svoj plan do ludila. U kući su nastajale svađe. Majka ga je grdila, klela. Sestra je pretila da se obesi. Kad mu se to jednog dana dosadi, on ode u sud, svrši sve formalnosti oko prenosa nasledstva na svoju sestru, ne zadrža nikakvu rezervu za sebe, i vrati se u Beograd. Majka je pokušala da se izmire. On joj je odgovorio jednim uvredljivim pismom. Zet se umešao. I Čedomir je prekinuo svaku vezu sa svojom porodicom.

III

Kad se našao tako sâm, Ilić se osetio nelagodno. Ipak se brzo pribra. Imao je prilično kredita, jer je prošlih dve godine plaćao uredno. Docnije nađe dve-tri lekcije i življaše skromno, u malenom kolu znanaca, povlačeći se sve više u svoje knjige i svoj svet ideja.

Jednoga dana, te jeseni, zaustavi ga nečiji devojački glas:

— Čedomire!

To je bila Kaja, jedna njegova rođaka, koja je ovde učila devojačku školu.

— More, brate, gde si ti? Otkad te nisam videla — reče mu ona. — Piše mi tetka da joj se ti nikako ne javljaš. Ne zna da li si živ ili mrtav.

Mladić se namršti.

— Njena posla! — odgovori nešto jetko.

— Piši joj, bolan, majka je, a tetki treba malo, pa da je zaboli glava.

S Kajom je bila još jedna devojka, koja odstupi nekoliko koraka kad rođaci pređoše na familijarne začkoljice.

— Ju, zamalo ne zaboravih... — priseti se rođaka. — Da ti predstavim: moja drugarica, Višnja Lazarević... Pa kako mi živiš, što ne dođeš?...

Mladi čovek, s prilično veštine, a s mnogo poštovanja, skide svoj šešir koji je već gubio formu. Višnjine dotle bezizrazne oči zapališe se od zadovoljstva koje se nalazi u ovim ceremonijama kad se ima sedamnaest godina.

— Hajde, isprati nas donekle — čavrljala je rođaka. — Ne stanujem daleko. Da samo znaš kako mi je lep stan, pa baba... što je zlatna; priča mi kako je bilo kad je bila mlada, opisuje mi omladinske besede kod *Zlatnog krsta* i tvrdi da ja ličim na njenog sina koji je umro kao pitomac Vojne akademije.

Višnja je ćutala.

One obe nosile su dugu crnu kecelju, prostu viticu oko glave, suknju iznad članaka, pritiskivale po jedan svežanj knjiga na svoje grudi koje su se počinjale poverljivo ocrtavati na glatkoj materiji kecelje; one obe imale su u crtama na licu onaj izraz nevinosti koji je urođen prvoj mladosti. Kaja je bila mala, mršava, živa devojka koja je obećavala praktičnu ženu i srećnu majku. Njena drugarica, naprotiv, bila je krupna, dosta puna za svoje godine, dubokih, ugasitih očiju, mirnih i bistrih kao izvor u planini. Njena glava je bila plava, pravi slovenski tip, koji se u Srbiji još može naći samo po zabačenijim selima, kao nekim čudom sačuvan od ukrštavanja s tuđincima pretopljenim u naš svet. Plava mast nije, kao po običaju, ublažavala bujicu zdravlja, kojim je devojka bila obdarena. Rumena krv šibala je pod njenim okruglim obrazima čak do prvih pramenova kose, te je izgledalo da se devojka stidi bez ikakvog naročitog povoda. Povučena u sebe i tako zdrava, ona je izgledala nešto nespretna, ali to je samo dopunjavalo njenu lepotu i govorilo da je ona od onih prostodušnih bića koja idu pravo i čija sudbina ne zavisi od njih samih, već od onih koje će sresti i koji će ih učiniti srećnim ili nesrećnim.

Čedomir je održavao razgovor, pravio opaske, mlatarao rukama.

— Ovaj naš Beograd neće se nikad urediti — govorio je. — Eto, ja sam provincijalac, a izgleda mi da se ovde nema većeg osećanja udobnosti, lepote, kulture jednom reči. Kažu da je ova varoš po svom položaju, posle Carigrada i Neapolja, najlepša na svetu, a ja se kladim da je ona najružnija prestonica u Evropi.

Višnja zausti da nešto doda, ali je već mladi čovek padao u vatru grdeći reakciju, reakcionare, cincarski svet, te ona produži ići, bacajući pokatkad krišom svoj drhtav, devičanski pogled na rođaka svoje drugarice.

Zaustaviše se kod Kajine kapije.

— Pa kad ćeš mi jedanput doći? — prebaci Kaja svome rođaku.

— Bogami se ljutim. Jednog ovde imam od svojih, pa se i on tuđi... Isprati Višnju do kuće.

— Ako gospođica nema ništa protiv? — uzdrža se filozof svečano.

— Šta mogu imati protiv! — kliknu devojka.

Bilo je već palo veče kad se njih dvoje uputiše Višnjinom stanu.

— Vi na leto svršavate školu? — upita Ilić novu poznanicu.

— Da.

— Šta mislite posle? — nastavi on dalje, zatežući kaput rukama u džepu. — U učiteljice?

— Ne. Ne znam. Ja se nisam zbog toga upisala u školu.

— Nego zbog čega?

— U Čačku nije bilo više škole. Otac nije voleo da sedim dokona. Znate, moj otac je prost čovek, ali voli školu.

— Pa zar ćete sad pristati da sedite dokona? — primeti mladić nešto autoritativno, grickajući cigaru.

Ovo pitanje nije se dotle postavljalo devojci, te ona odmah ne odgovori.

— Red je da pomognem majci. Naša je kuća velika. I zatim, dosta sam potrošila očevih novaca zbog škole. Posle mene dolaze moja braća.

— Ne, ne gledajte na te sitnice, na novac. Pogrešićete — reče Čedomir s pouzdanošću koja je urođena njegovom dobu. — Devojačka škola nije dovoljna modernoj ženi. Ona je uska, nepraktična, nesavremena; ona ne daje pozitivna znanja. Ne zastanite na putu emancipacije! Vaši horizonti ostaće tesni, vaša shvatanja plitka. Treba hrabro poći ka idealu nove žene, jer nama trebaju žene na visini naših dana, žene oslobođene svih predrasuda, žena-čovek, da se tako izrazim. Ugledajte se na Ruskinje, koje su preplavile univerzitete po Evropi, koje stupaju u najniže slojeve naroda da bi ga proučile, olakšale mu bedu, prosvetile ga. One se bore s čovekom rame uz rame, nema rada od koga se stide, nema kazne od koje bi ih uhvatio strah.

Student je govorio iskreno. Iznosio je nove poglede o porodici, o braku, o ulozi države u materinstvu. Te stvari su bile dotle daleko od Višnje kao i sibirska polja. One su je odmah zainteresovale, oduševile je gotovo, jer ih je primala bez senke nepoverenja. Rusija, velika, sveta Rusija, matuška slovenska, sve je u njoj moguće, sve je u njoj po ruski! Mlada devojka ne oseti kad dođoše do njene kuće. Bi joj teško da prekine čar u koji su je zanosile te priče. Oko njih je bilo lepo jesenje veče, suviše toplo za to doba, jedno od onih čežnjivih večeri koje same pozivaju na duge razgovore. Mesec je bio tek izgrejao. Po nebu koje je došlo vrlo plavo bludeli su oblaci čas beli, čas žuti, i gubili se lagano u pomrčini.

— Mi stupamo posred gomile bezbrojnih bolova, a mnogi od nas ne čuje nijednu žalbu — grmio je Ilić, opijajući se sopstvenim rečima. — Naša inteligencija se odvojila od naroda koji pati. Međutim, mi smo za narodne mase vezani hiljadama mnogostručnih zadataka. Otvorimo oči, razmahnimo rukama, pripadnimo narodu kako nam on pripada. Inače smo rob ropstva njegova.

On je bio pun ovih fraza. Devojka ga je slušala pogledom začuđenim, naivnim, blagim i žalosnim, duboko uverena da je njen život bio dotle prazan, nedostojan nje kao čoveka.

Kod kuće ju je čekala hladna večera i ljuta gazdarica.

— Nije lepo da se devojke zadržavaju docno u varoši — prigovori joj stara žena.

— Ne znate vi te stvari — oseče se Višnja za prvi put. — Ja sam emancipovana devojka.

Gazdarica je ne razumede dobro, te je pogleda iznenađeno, pa po običaju naših žena da se pokažu ljubazne kad ih neko nâvikne, ponudi se uslužno:

— Da podgrejem večeru?

— Ostavite. Imam večeras mnogo da učim.

Gazdarica izađe iz sobe i reče polako svojoj mački:

— Ovoj nisu večeras sve koze na broju!

Višnja svrši školske zadatke što je mogla brže, pa se onda svuče i leže. Hladna postelja joj je prijala ugodno. U njenoj glavi, brzo kao u kinematografu, pojavljivale su se prilike koje je videla te večeri. Obuzimala ju je neka laka vatra, koja se slatko gasila pri dodiru čistog rublja. Ranije, čim bi legla, zaspala bi u isti mah. Sad se prevrtala sa jednog kraja postelje na drugi. Bilo joj je teško i prijatno. Teško, jer je osećala nešto novo u sebi, nešto jače od nje, nepoznato, duboko i fatalno, nešto što je navaljivalo na nju kao vetar, gušilo je i diralo u dubinu duše, da joj je svaki živac treperio. A prijatno, jer je to sve bilo njoj simpatično, to poznanstvo, duboko poštovanje pri skidanju šešira pred njom, razgovor u mirisu duvana, buntovničke misli, dah budućnosti, sve ono nešto neizvesno što očekujemo od daljeg života, a što bi hteli da saznamo i ulepšamo kao u bajci. Jesenja noć ju je opijala, slike u glavi obavijale se kao paučina; u krv ulazila groznica nestrpljenja; ona dotle nije bila nikad osetila ove bolove i ove sladosti. Čudila se toj nesanici, pokušavala da se otrese te uzbuđenosti. Nju dotle nisu pohodili ti osećaji priželjkivanja; u njenim prsima nisu se čuli ti udari koji zvone kao želja, kao čežnja. Usred Beograda koji je dotle poznavala: smerne porodice u kojim je nastavala, umerene zabave u školi, videla je sad novu varoš punu mladih ljudi, koji se bore protiv života i za život, menjaju sadašnjost, red stvari, žude za nečim višim od svakodnevne egzistencije. Ona se čudila kako je dosad mogla biti slepa, voditi besciljan život, čitati bljutavu literaturu preporučenu za školsku mladež, oduševljavati se da se pojavi u Čačku sa burskim šeširom, podgrejavati bajke o mirazu i izlaziti nedeljom na pivo. Mesto palanke i njenog glavnog sokaka, pred Višnjom je misao crtala budućnost kao neku široku reku sa zelenim obalama i nebom punim zvezda. Na talasima, koji se stalno ljuškaju, plovi njen čamac s razapetim jedrima i vodi je nepoznatim putem ka bujnim predgorjima neke nove zemlje. Misleći na tu reku, koja ju je uljuljkivala, zapljuskivala svojom penušavom vodom i šaputala joj nedopuštene priče, mlada devojka zaspa sa jednim đavolastim osmehom koji dotle nije bio dodirnuo njene usne.

Sutradan, Višnja se digla iz postelje nešto docnije nego obično. Žurno se oblačila, spremala knjige i doručkovala stojeći, a sve je mislila o jednom: o univerzitetu na koji je poziva Kajin rođak. Pokušavala je da se otrese te misli, koja ju je opsedala, ali je glas Čedomirov zvonio u njenim ušima, obletao oko glave, dodirivao joj zapaljene obraze i lepio njene usne kao šećerlema. Kad se spremila za školu, videla je da još ima dosta vremena. Pa ipak je gotovo trčala putem. Napolju je jesen priređivala iluziju proleća. Bilo je mnogo sunca. Po baštama se trava podmladila. Sa pijace služavke su nosile zelenu salatu. Roba se presijavala, izvešana pred bakalnicama. Laste su cvrkutale oko telefonskih žica. Pod uličnim drvećem prostirali se debeli tepisi od lišća crvenog kao bakar. Pokoji zreo kesten lupio bi o kaldrmu i izmamio uplašen uzvik u prolaznica. Beograd se osmejkivao u iznenadnoj i prolaznoj toplini kao starac koji se napio dobra vina. Višnju pak je bunio taj dan, obuzimala ju je čas toplina, čas zima, i ona se žurila školi sve više, kao da ju je tamo čekao lek toj groznici.

U školi je bilo kao svaki dan. Drugarice su govorile kako se nisu spremile za ovaj ili onaj čas, grdile svoje nastavnice i brojale dane do kraja školske godine. Kaja, u njenoj strogoj sivoj bluzi, sa niskom merdžana oko vrata, sedela je u svojoj klupi i preslišavala se iz metodike. Višnja pokuša da zametne razgovor s njom; govorila je o toj metodici, glas joj je drhtao, bojala se da njena drugarica ne sazna šta o ovom uzbuđenju koje je rilo po njoj, kao greh. Najzad se ohrabri i reče:

— Šta ti misliš pošto svršiš školu?

Kaja podiže glavu i pogleda svoju drugaricu rasejano. Čudila se tome pitanju, jer je toliko puta govorila Višnji o svojim namerama. Najzad reče:

— Ja ću na selo... za učiteljicu. Ja nemam miraza. Ovo škole, to je sve. Sem toga, moji roditelji očekuju od mene, od moje škole... od novca, naposletku, koji su potrošili na mene.

Devojka je bila i suviše ozbiljna kad je ovo govorila, te se njena drugarica ne usudi da se usprotivi njenim razlozima i da navede protivne misli koje su joj od sinoć lutale po glavi. Ona zaćuta, i tek pošto se prvi čas svrši, upita drugaricu bez nekog naročitog povoda:

— Po čemu ti je rođak gospodin Ilić?

Kaja se opet iznenadi, ali se uzdrža od svake zajedljivosti, i odgovori mirno:

— Njegova majka i moja rođene su sestre.

— Vrlo lepo smo se zanimali sinoć — primeti Višnja, pa kad vide da se Kaja ne podsmehnu, produži pažljivo — on je vrlo učen čovek, vrlo pametan...

— O čemu ste govorili?

— O emancipaciji žena.

— Čeda i emancipacija! — pršte Kaja u smeh. — Ko ga ne poznaje, skupo bi ga platio!

Višnji ne bi pravo ova rođačka ocena. Ona posumnja u iskrenost svoje drugarice. Upita se da Kaja nije surevnjiva što se ona poznaje sa njenim srodnikom. Ili, može biti, rođaka zavidi rođaku što je velikoškolac, obrazovan čovek, viši od nje. I mlada devojka, kao da je htela uzeti u odbranu svoga novog poznanika, podiže glas i reče izazivački svojoj drugarici:

— On me savetuje da produžim školu i stupim na filozofiju. Ja sam se rešila. Devojačka škola ne daje pozitivna znanja modernoj ženi. A ja hoću da se obrazujem do kraja. Hoću da budem na visini vremena u kojem živim.

Kaja je bila devojka koju život nije mazio. Još od detinjstva je poznala dane skomračenja i uvrede nezadovoljenih ambicija. Poziv seoske učiteljice nije bio ni njoj krajnji ideal. Možda je i ona imala želja, i to još ranije nego Višnja, da se razvije što više, da ode do kraja puta koji je vodio preko devojačke škole. Ali se ona morala miriti sa stanjem stvari, kako je nazivala svoje domaće prilike i neprilike, i sagnuti glavu pred potrebama porodice. Stoga mlada devojka ne ismeja plan svoje drugarice. Samo, ona nađe za dobro da je opomene:

— Čuvaj se Čedomira, Višnjo. On nije rđav čovek, ja to znam. On je sjajna inteligencija, priroda vrlo simpatična, ali karakter neodređen, nestalan, neodvažan, slab.

— Ti ne voliš svoga rođaka! — prebaci joj Višnja.

— Ne, Lazarevićeva. Ja ga volim, on je ponos cele naše familije, on mi je takoreći brat, ja nemam drugog brata... Najzad, šta me se tiče. On se možda promenio. Mi se sad tako retko viđamo.

Kad su se pustile iz škole, Višnja htede izbeći da sa Kajom ide kući. Ali je ona ne pusti ispreda se, i, između ostalih sitnica koje se govore među devojkama, reče joj:

— Sinoć sam čitala u jednoj knjizi da ima stvorenja koja uđu u naš život jednog dana, zauzmu ga i pometu; zbog njih promenimo svoje navike, ukuse, ideje, planove, potpadnemo pod njihov uticaj, oni postaju naši savetodavci, upravljaju nama i zapovedaju nam. Šta onda ostaje od slobodne volje koju nam profesori dokazuju toliko?

Višnja zadrhta instiktivno i ne odgovori ništa.

Drugarice izbiše na Terazije. S obe njihove strane protezao se Beograd, izmešan od palata i čatrlja. Jedno jato svraka pregonilo se po ostarelom kestenju na ulici.

IV

Te godine proleće je bilo vrlo lepo. Raštrkani Beograd, koji se lomio preko tri brda, bio je kao stvoren za poverljive sastanke. Nekoliko koraka od sredine grada, i već je čovek ulazio u sporedne ulice, nepoznate kvartove, usamljena mesta, gde se ljubavnici mogu šetati do mile volje, a da ne budu iznenađeni neprijatnim susretom, podozrivim okom. Doista, obala pored Save, put za Višnjicu, samonikle ulice po Čuburi videle su tada mnogi mladi par. To su bili mahom đaci sa svojim drugaricama, radnicama ili gazdaričinim ćerkama, mlad svet koji živi neopažen za školskim klupama, a ispunjava jedan veliki deo prestonice. Njihova ljubav? To je upravo jedna duga šetnja, isprekidana časovitim držanjem pod ruku i pokojim poljupcem... poljupcem brzim, kratkim, nedovršenim. Među njima bili su i Višnja i Čedomir. Preko zime viđali su se ovda-onda kod rođake; kad su nastali topli dani, izlazili su češće sa njom, pa posle svakog dana, i najzad bez nje. Kako se Kaja izgubila iz njihovog društva? Otkad su počeli šetati sami? Nisu znali reći.

To je bilo svakako jednog dana kad je Čedomir pratio, kao uvek, Višnju od Kajinog stana do njene kuće; on se opomenuo da je sutradan neki praznik, kad se nema škole, te predložio svojoj prijateljici da izađu u šetnju negde dalje nego što se to moglo posle školskih časova. Našli su se u jednoj pobočnoj ulici u vreme koje su zakazali. Od kuća su već rasle senke, ipak je bilo još rano, te po ulicama nije bilo mnogo sveta. Kad je mlada devojka ugledala Ilića koji ju je već čekao, naslonjen na stub jedne lampe, pošla je brže i prijateljski mu pružila svoju ruku, pokapanu mastilom. Bez reči, udarili su drugim putem, kamo su ih vodili mladost i lepo vreme. Dan je bio jedan od onih žarkih dana usred proleća, kad se oko nas oseća orgijanje prirode i mi zaželimo, s jednim bolnim osećanjem, da i mi poletimo bezbrižno kao leptir, da raširimo svoje srce kao drvo svoje olistale krune, da se i mi strasno zaboravimo kao pčela na kakvom cvetu. Višnja je nesvesno pila milje iz vazduha toga dana, opijala se prisustvom čoveka koji je išao pored nje, slušala je radoznalo i žudno njegove reči... reči školovanog čoveka, koje podsećaju na knjige, odvajaju od svakidašnjih razgovora i stvaraju romantiku posred običnosti života.

— Zašto ne pišete šta kad tako lepo govorite — reče mu Višnja.

— Ja bih to vrlo rado čitala.

— Još je rano, treba mi još rada, čitanja, spreme. Više puta uzmem pero da zabeležim ideje koje lutaju kroz moju glavu i izgledaju mi sjajne; kadgod, čini mi se, uspem, i tada osetim jedno beskrajno zadovoljstvo koje se ne da opisati, kako kaže čâ Janko Veselinović.

U ovakvom razgovoru, u dugim pogledima, u nehotičnim dodirima, bili su daleko odmakli od grada. Pred njima se ukazivao usamljen seoski drum, jedna mehana i velika, prostrana šuma. Tada dunu vetar. Lišće u žbunova zaigra ukraj puta. Zaneseni u svoju lepotu, oni nisu osetili da je nestalo lepog dana. Na zemlju je bila pala neka senka, život se povlačio, ptice ćutale, a jednostavan i taman oblak širio se sve više iznad njihovih glava. Pa ipak, oni pođoše napred. Na zagrejanu ruku ili čelo pala bi im koja kišna kapljica. Kaplje su bile češće. Najedanput, vetar se pretvori u vihor. Oblak se provali. Iz neba osu plaha kiša, da se začas načini potok pored njinih nogu. Oni su išli dalje.

Taman da se spuste niz jedno brdo, kad vetar skide Višnji šešir s glave i ponese ga niza stranu. Mladi čovek potrča za njim i jedva ga uhvati u jednom trnjaku. Kad se okrenuo i pošao ka svojoj drugarici, ona je stajala sama u zraku punom kiše. Sve je oko nje bilo sivo, tako sivo da se njena crvena bluza u toj prozračnoj sivini pričinjavala kao kakav veliki božur u nekoj čudnoj zemlji gatki. Kosa joj je padala zavodljivo preko lica. Vetar se igrao sa skutovima njene kratke haljine i otkrivao nogu do kolena, nogu mladu, a razvijenu, nogu tanku, a zaokrugljenu, izvajanu kao od nekog božanstvenog umetnika, lepu, ludo lepu, najlepši oblik koji je ikad stvoren na zemlji.

Ilić je bio spremio čitavo jedno predavanje o kauzalitetu volje, o sporu između privrženika determinizma i pristalica indeterminizma, napunio se svakojakim apstrakcijama, ali, kad ugleda svoju drugaricu u viziji prirodnih elemenata, on se upita nehotice: „Našto puniti uši devojci tim stranim rečima kad je ona lepa i bez njih, savršena bez svega moga znanja, bez pojma da i postoje slavni psiholozi?" Celo njegovo biće vuklo ga je u tom trenutku daleko od nauke, tamo u tu sivinu, ka njegovoj drugarici, u njen zaborav. Mladi čovek ne poče svoj govor o volji, ali se ne predade ni priviđenju koje je kišni zrak pravio od njegove prijateljice. On joj predade šešir vrlo učtivo, i reče hladno, gotovo oporo:

— Hoćemo li da se vratimo?

— Zašto? — čudila se Višnja.

— Kiša će još dugo padati.

— Ali i do varoši je dugo — primeti ona. — Sklonimo se negde, ako hoćete... pod kakvo drvo, u onu kuću uvrh puta?

Mladi čovek je i ovde morao pretrpeti još jedno rashlađenje. Na predlog Višnjin, on se nesvesno uhvati za džep.

— Ono je mehana! — odgovori polako.

— Utoliko bolje. Još nisam nikad bila u seoskoj mehani.

Ilić nije imao novaca; desilo se tako, glupo, ostao je bez marjaša, a nije mislio da će mu što trebati, pa da uzajmi. On to prizna, i osmejkivaše se stidljivo, kao da je tražio oproštaj što je siromah. Višnja ne zameri ništa. Ona nije znala za ta poniženja. Čak joj se to svide: izgledalo joj je prirodno, mladićki, đački. I doista, ovo ih približi. Ona se oduševljavala toj poverljivosti svoga druga onim unutarnjim plamenom, koji je palio njene mirne, nevine oči i koji je dolazio pravo iz srca. Taj plamen i srdačnost, koja je zvonila u devojkinom glasu, činili su svoje dejstvo. Ilić je zaboravljao nezgodni slučaj i svoju oskudicu. I oni se vratiše u varoš još veseliji nego što su pošli, trčeći, preskačući bare, govoreći zadihano, mešajući u govoru čas *ti*, čas *vi*, i, kad dođoše do njene kuće, rastaviše se kao stari prijatelji.

Od tog doba zvali su se po imenu, zadržavali duže ruku u ruci. Vreme im je prolazilo u čekanju jedno drugog, u sastancima po uglovima od ulica, u preteranim šetnjama i razgovorima o ovom ili onom pitanju nauke ili politike.

Čedomir je ostajao slobodnjak u svemu. S tim uverenjem, koje se graničilo s anarhizmom, rešavao je svaki problem.

— Šta to mari nešto malo pravde u društvenoj konstituciji — govorio je — pošto nikakva kombinacija neće uništiti zakon borbe koji gnoji zemlju svojim žrtvama?... Šta to mari nešto malo grešaka u Nauci, pošto mi stojimo još daleko od istine, pošto vaseljenska zagonetka izmiče našem shvatanju, pošto niko ne zna da nas oslobodi potreba naše prirode?

Višnja je slušala ove reči, koje su se čudno poklapale s onim nečim novim što joj je nadiralo u dušu. Ona ih je pamtila sve, i nesvesno upoređivala sa onim što su joj u školi predavali. Kad je bila pored Čedomira, ona mu je potpuno odobravala, potpisivala svako njegovo mišljenje, bila pristalica njegovih ubeđenja bez rezerve. Teško onome koji bi se u tom času bacio ljagom na svemoć slobode i njene zatočnike. Ona je bila kadra da skoči na drskog čoveka, kao mačka. Ali kad bi se rastali, ona je pretresala u mislima dugo što joj je Ilić govorio. Nije joj tada izmicalo da on oskudeva ponekad u jakim argumentima, da su njegovi zaključci često veštačke dedukcije, pa i sofizmi, a, s vremena na vreme, upada u protivurečnosti. Ona se pitala još, što i oni koji su stariji od njega, oni od kojih zavisi tok države i društvenog života, ne usvoje Čedino mišljenje? U njoj se bunio ostatak stare duše, bunila se sva njena ranija naivnost protiv izvesnih krajnosti Ilićevog shvatanja stvari.

„Dokle ide ta svemoćna sloboda?", pitala ju je savest, jedna savest koju je patrijarhalna kuća obrazovala po tipu besprekorne vrline, ispunila poukama i zabranama. „Je li sloboda dopustiti ono što je nedopušteno, ukinuti veze između oca i sina, majke i kćeri, učitelja i đaka? Ja čujem samo pravo... pravo, a gde je reč dužnost? Govori se samo o seljaku. Ali on nije sve u zemlji; nije samo njemu položaj težak; svaki stalež ima svoje muke."

I onda, Višnja nije volela mnogo prost narod. U njemu je poznavala mnogo divljih, rđavih, lukavih, ružnih ljudi.

„Pored puka postoji otadžbina", govorilo je nešto u njoj. „Zašto onda izbegavati tu reč koja je tako tesno vezana za nas, vezana vezom najmilijeg čoveka na zemlji, oca našeg?"

Višnja, laka slovenska priroda, davala se uveriti i ovom polovinom svoje duše, i obećavala sebi da neće mrzeti devojačku školu i da će pred Čedomirom prokritikovati njegove ideje.

Prvo je održala. Niko u školi nije mogao opaziti kod nje kakvu promenu ili vanškolsku misao. Marljivo je radila, čekala strpljivo kraj školske godine i spremala se za poslednje ispite. Ali nikad ne povede razgovora pred Čedomirom o svojim sumnjama. Čim bi ga videla, osećala se pred njim razoružana. On je znao toliko stvari, pročitao toliko knjiga, sipao strane reči kao lavinu! Ona nije umela tako govoriti, naći u trenutku reč koja joj je trebala. Kad je davala svoja mišljenja, rečenice su joj ostajale nedovršene, nije se mogla setiti dokaza koji je htela navesti, zbunjivala se i dopuštala svome prijatelju da on formuliše ono što je htela reći. Da bi pak utišala svoju savest, radila je gotovo preterano na školskim predmetima. Položila je ispite vrlo dobro, bolje nego ranijih godina. Štaviše, dobila je nagradu, jednu knjigu koja je govorila o negovanju povrća.

Sad je trebalo ići u Čačak.

— Ti se nećeš vratiti otuda! — prigovarao joj je drug.

— Ja ću se vratiti, Čedomire. Ti ćeš videti!

Uoči dana kad je trebalo da se rastanu, načinili su veliku šetnju, obišli su gotovo sva mesta svojih sastanaka... Veče ih je uhvatilo na Čukarici.

Onde gde izbija topčiderski tramvaj na drum za Obrenovac, našli su jednu klupu i seli da se odmore. Mesto je bilo kao stvoreno za sastanak pred rastankom. Nekoliko putova i stranputica ukrštali su se ovde i izazivali misli o daljini. Zaokrugljena površina Savine vode belasala se između obala. Pred njima se prostirale duge poljane, niska brda, dve-tri varoši i veliko beogradsko nebo. Moglo je biti oko osam časova. Noćne pare bludele su već kroz atmosferu i pokušavale da zaviju u pomrčinu razgranate vrbe po obali. Sa susednog ostrva dolazio je miris na pokošenu travu. Na obližnjim fabrikama palile su se lampe. Horovi žaba zvonili su ujednačeno kroz večernju tišinu. Dve-tri zvezde bockale su jedan kraj neba.

Dvoje mladih ćutali su, tako sedeći. Svako od njih pratilo je svoje misli kroz samoću predela. Oni su oboje bili i suviše ozbiljni za svoje godine. Čedomir je, namrštenih veđa i sumorno, palio svoju cigaru. Devojci je jedan oblak tuge zamagljavao njene bistre oči. Najzad Ilić prekinu tišinu kao da se prisećao nečeg:

— Ne... ne, ti nećeš doći na Veliku školu. Ti nećeš biti dovoljno jaka da izvojuješ svoje pravo.

Lazarevićeva ne odgovori ništa. Čedomir produži:

— Pravo pretpostavlja borbu. A ti si žena... naša žena koja ne voli život odricanja, pozitivne stvari, rad za čovečanstvo. Palanka će biti jača od tebe... Jednog dana, ti ćeš se rešiti za konvencionalni brak, i đavo će znati da li ćeš šta sačuvati od onoga što sam ti govorio?

— Mi ćemo ostati uvek prijatelji — odgovori devojka.

Ilić se osmehnu skeptički.

— Da... da, prijatelji!... — primeti on. — Prijateljstvo koje se smatra da je večito, a koje život raspe kao plevu!

Pored njih prohukta jedan voz.

Višnju obuze neka melanholija bez gorčine. Ona promuca:

— Ne govori tako, Čedomire. Naše prijateljstvo je iskreno, toplo, dobro.

Mladi čovek pogleda svoju drugaricu pravo u lice; ona ne spusti oči. Ona je bila obučena u matrosku bluzu od obične materije. Držala je ruke u krilu. Na glavi joj je bio prost šešir od slame. Pa ipak, mladost i zdravlje činili su od ove toalete njen najlepši okvir. Ona je bila kao stvorena za normalna osećanja žene. Sve je bilo tu da ta žena postane jednog dana srećna majka, proživi mirno i korisno svoj deo života i, kad dođe vreme, zaspi večito pod običnim krstom, sa koga će kiša i nevreme sprati njeno ime i uništiti tašte čovečje spomene, kao i mnogima drugim. I mladi čovek oseti se kriv što uznemirava to tiho jezero zdravih živaca buntovnim mislima novih dana i gotovo joj htede reći: „Hajde, srećna dušo, ponovo u tih život odakle si i došla. Ostavi puk i društvo nek sami vode svoju brigu. Ti ćeš tamo u Čačku naći dovoljno posla da tvoj život ne bude izlišan. A kad ti jednog dana tvoja sreća dopusti da misliš i na ono što je prošlo, seti me se po onome što je lepo bilo u meni." Ali mladi student bio je za nju jače vezan nego što je sam mislio. Raskid sa porodicom mu je ostavio prazninu koju je Višnja neosetno popunjavala. Njegovo srce, koje je dotle živelo pustinjačkim životom ideala iz knjiga, uživalo je sad slatko na prigrevici ovih prisnih sastanaka. On se već bio navikao na ljubak dodir toga devojčeta. Najzad, i on je bio mlad, i on je imao u srcu nežnosti.

U prirodi je nastajala sve veća tišina. Jedno belo drvo, koje se ocrtavalo pred njima, gubilo se sve više u tamu. I mrak se spuštao kao plavetna platna, izatkana od prašine i paučine. Čedomir pogleda ponovo svoju drugaricu. Ona se bila izgubila u misli. Tek jedna jedva primetna rumen kretala se po njenim obrazima. Mladić se ne mogade uzdržati od jednog pokreta. On je uze za ruku. Ona se ne trže. On produži svoj nagib i pritište jedan kratak i ustreptao poljubac. Poljubac ne pade na usne, već na onu rumen po obrazu i ostavi mladiću utisak glatke kože i nečega čistog.

Višnja se strese. Obraz je zabole, kao da ju je Čedomir ujeo. Ona se diže nehotice i reče:

— Hajdemo u varoš. Dockan je.

V

Kad je Višnja stigla u Čačak, osetila je tek tu svu suprotnost između života koji je preduzimala i onoga kojim je dotle živela. Ona je bila kći Mitra S. Lazarevića, bakalina. Njen otac je držao dućan u glavnoj ulici koju čini u toj varoši put Kragujevac-Užice. To je bila prava trgovina, s dvokrilnim vratima, obojenim firnaezom, sa dva velika prozora, puna šoljica, kutija od vešplava, đinđuva, vodenih čaša, đačkih tablica, butelja konjaka i emajliranih šerpi. Gazda-Mitar trgovao je još sa žitom, stokom, šljivama. Kod njega su bile najskuplje cene, ali je kupaca bilo dosta, jer se znalo da kod njega čovek neće biti prevaren ni u meri ni u robi. On se razlikovao od ostalih trgovaca i po tome što se nije vajkao. Čak ni na porez. Lepo se nosio: zimi astragansku šubaru i kaput od paraćinskog štofa, a leti slamni šešir u boji i prsnik od platna. Tražio je od žene i dece da paze na odelo. Žena mu je imala tepeluk od dukata i dijamantsku granu. Deci je šila haljine najskuplja švalja u varoši. Svake sezone, tj. svakog proleća i jeseni, donosio je Lazarević svojoj ženi i najstarijoj kćeri štof za haljinu iz Beograda; štof je morao biti po najnovijoj modi i suviše skup da bi se prodavao u dućanu. Gazda-Mitar imao je sreće u trgovini. Poslovi su išli dobro. Ipak je nešto peklo ovog malovaroškog prvaka. On je jedva znao sricati, a teže mu je bilo potpisati se nego otpešačiti do Mrčajevaca. Stoga je jako uvažavao školu. Kad bi se o prosveti poveo razgovor, bio je stalno na strani školovanih ljudi, ma oni i zastranjivali.

— Znanje je svetlost, znanje je moć — ponavljao je, kao argument, tu rečenicu, koju je slučajno negde načuo, a u sebi je dodavao: „Mi smo slepi kod očiju, utučeni u glavu, stoka božja!"

Na spratu nad dućanom sedeli su. To beše stara palanačka kuća: prostrana, udobna, vrlo stroga običnih dana i vrlo gostoprimna o praznicima. Višnjin dolazak bio je, naravno, čitav svečan događaj. Oko nje su se utrkivali majka, mlađa braća, ukućani, susedi, pa i otac, namrštenih bora na čelu i izrazitih usana. Svako od njih znao je naći pokoju lepu reč da joj kaže, da joj čestita na položenim ispitima, laska joj na otmenom držanju, dokazuje koliko je već velika devojka i da su joj našli momka. Otac joj je poklonio časovnik i lanac, majka joj naručila dugu haljinu; iz susedstva je dobijala kolača, raznog cveća.

— Ovo ti poslala Mila Cvetkova — reče joj majka, pokazujući joj veliku dinju. — Dao Bog pa rodile, te hoće da i ti okusiš... Znam, veli, da ih se Višnja zaželela u Beogradu.

Nekad joj je sve to prijalo. Višnja se mogla radovati duboko, potpuno, punim srcem. Sad pak, primala je hladno te izlive palanačkih simpatija. Prigovarala je sebi za to: što god ima dobila je od tog oca sa velikim, mesnatim nosem, od te majke koju su izmorili kućni posao i česta rađanja, od te varoši koja drema na prigrevici ukraj Morave. Pokušavala je da veže svoje misli za svakidašnje kućne sitnice, trudila se da se seti lica čija se imena spominju, mešala se sa varoškim devojkama, sedala kraj prozora i tražila svoje staro zadovoljstvo gledajući ljude i stvari tako tesno vezane za njen dotadanji život. Uzalud se devojka borila da se kod svoje kuće oseti kao kod svoje kuće. Ona je bila izašla iz uskog života, ona mu više nije pripadala. Njene misli vraćale su se put Bumbareva brda, u belu varoš na sastavu dve velike vode, i izazivale sliku studenta Ilića.

Još najviše bi se razonodila kad bi otišla svojoj drugarici Milevi, ćerci jednog zlatara, čiji je dućan bio odmah do njihova. Ona je bila provela gotovo celo detinjstvo sa njom i njenim bratom Radojem.

Zlatarev sin je bio nešto stariji od svoje susetke. Dolazio je u njihovu kuću kao u svoju. Gazda-Mitar ga je zvao često da ga što posluša, napiše mu pismo ili priznanicu, jer su mu sinovi bili tada mali, a drugom kome nije voleo poveriti se. Višnja se, opet, igrala kumaša sa Milevom, docnije vezla, plela i ćaskala po običaju. Ostojić je bio neka vrsta starijeg brata, pratio ih u varoš, okopavao im baštice za cveće, pozivao njihove drugarice na sedeljke; niko nije umeo lepše od njega da načini suncobran od tikvena lista ni da sastavi monogram za maramu. Uostalom, to je Radoju najbolje išlo za rukom. Učitelj se večito žalio da Radoje stalno trči napred: nauči lekciju koja nije još zadata, a ne zna ono što mu je za lekciju. U gimnaziji je bilo još gore. Iz nemačkog jezika, zemljopisa, fizike, istorije imao je vrlo dobre ocene, ali je u ostalim predmetima bio većinom slab. Iz srpskog jezika je imao stalno dvojku. Osim toga, zadocnjavao je na časove, trošio mnogo vremena na trgovanje s poštanskim markama, svađao se s đacima oko panorame koju je pravio u kutiji za ful, bio nepažljiv kad profesor predaje i lepio fišeke od hartije po tavanici učionice. Najzad ga isteraše iz gimnazije što je dokazivao katiheti da prirodne nauke pobijaju nauku hrišćansku.

Njegov otac, kujundžija Marko, jako se naljutio zbog toga na svog sina i hteo ga ubiti. Zanat nije išao nikako. Jela se stara muka. Majstor se nadao bar u sina, da će izaći na put, svršiti školu, dobiti državnu službu, pa da provede na miru stare dane uz sina gospodina.

— Bože daj zdravlje — govorio je ranije stari Ostojić — nek mi dete izuči škole. Škola ti je najblagoslovenija. Sediš u toploj sobi i paziš šta se govori. Ne radiš snagom, nego mozgom. Gledaš kroz prozor: ljudi se pašte, sneg pada, tebe ni brige. Postaneš neki činovnik, šta ti je bolje od toga! Ide ti posle plata, a kad ostariš, penzionišu te, pa ti i posle ide plata, nije mnogo, ali koliko da se hraniš. A zanatlija? Rano se digni, docno leži, a kad ostariš, ne možeš da radiš, pa kud ćeš nego u prosjake.

Sad se sve to srušilo jer „taj zlikovac neće da uči".
Radoje pobeže od očeve kuće u neko selo gde su imali rodbine.
Tu je ostao nekoliko meseci. Na čuđenje celog sela, načini od jednog
potočića vodenicu sa dva vitla, te ga celo selo proglasi za najdarovi-
tijeg čoveka pod nebom i pomiri s ocem. Vrati se u Čačak, ali ne
htede produžiti školu.

— Neću da budem činovnik — reče ocu.

— Nego šta ćeš, nesrećni sine? — viknu mu stari.

— Ja bih hteo da izučim za zlatara kod tebe.

— Kakav zlatar na ovo vreme, Bog te video, kad i ja ne mogu
hleba da zaradim!

— Onda ću ja u selo za vodeničara! — odgovori mladić tvr-
doglavo.

I tako osta.

Nije Radoje mrzeo školu. Višnja je to znala. On joj je rekao
jednom prilikom da bi rado učio nešto praktično... za mašinistu,
na primer, ali, veli, mora da se ide od kuće, možda na stranu, pa
su troškovi veliki, a... Nije dovršio rečenicu, jer nije hteo pričati
o sirotinji svoga oca. Mesto toga, on je prionuo u dućanu i lepo
pomogao starom Ostojiću. Kako kujundžiluk nije više išao, odade se
naročito na časovnike. U slobodnom vremenu učio je nemački jezik,
poručivao mustre, kataloge, knjige sa strane, pa po njima nabavljao
robu, čistio metal, opravljao satove, lemio lančeve. Stari kujundžija
se protivio u početku novotarijama svoga sina. Nazivao mu knjige
kupusarama. Najzad, vide da Radoje ima pravo, pa mu predade
celu radnju, a sam poče da sadi luk preko leta, zimi pak da zeva u
obližnjoj mehani.

Posao pođe nabolje. Kod Radoja su se mogli kupiti časovnici
jeftinije nego u Beogradu. I sama mu je radnja bila drugojačija nego
u ostalih. Izbio velike prozore, udario jednoman okna, metnuo ro-
letne, nabavio velike ormane, spolja lak, a unutra somotska postava.

Dućan mu pun budilnika, zidnih i džepnih časovnika, pa sve kuca i radi, kao da u radnji ima stotina srca i duša. Marke su bile najnovije, ukus lep, cene umerene, a mladi gazda neženjen, pa je sve išlo kako samo može biti. Radoje je radio i van svoje radnje. Osnovao je velosipedsko društvo, uticao kod opštine da se prave veštački bunari, popravljao ženama mašine, dekorisao kafanske sale za zabave, zastupao jednu mađarsku firmu poljoprivrednih sprava, uređivao varoški park, kalemio voće na racionalni način. Štaviše, i po spoljašnosti se razlikovao od meštana, okorelih u navike i zastarelu modu. Imao je na sebi plišano odelo, crno i opšiveno svilenim ispustom. Cipele su mu bile potkovane. Nosio je svaki dan okovratnik, i to oboren, s leptirastom kravatom, koja je igrala oko njegovog golog, zdravog vrata. Na glavi je imao kačketu, pušio na lulu i brijao brkove. Da se nije znalo čiji je sin, uzeli bi ga za stranca.

Višnji se dopadao taj mladić, živ, okretan, prav. Ćerka jednog trgovca, ona je nesvesno osećala koliko je visoka cena Radojevim čvornatim rukama. Tom osećanju pridruživalo se poštovanje koje su joj ulivale njegove sjajne, pronicave oči, koje su gledale iz svojih duplja nešto unezvereno, kao da je duša stalno u poslu, zenice grozničave, zanesene, nestrpljive, kao u nekog sveca i očajnika u isti mah. Ova vrsta straha pred mladićem pojačala se još više otkako se vratila iz Beograda. Izbegavala je njegov pogled. Puštala ga da govori, i tek tako, gledajući u stranu, osećala se sigurna u njegovom prisustvu.

A Radoje je umeo lepo da govori... polako, dižući postepeno glas, prema značaju predmeta, oduševljavajući se, pa padao u vatru i grmeo. Onda nije štedeo nikoga: svoga oca ni predsednika opštine, partiju na vladi ni društvo u kojem je govorio. Mnogima to nije bilo pravo, pa ipak čule su se retke zamerke, jer je Radoje voleo ljude, voleo čoveka kao onaj časovnik koji je opravljao, kao ružu koju je kalemio. Njegova vika nije se doticala sitnih slabosti i računa. On je nišanio visoko. On je ostavljao svakome slobodan jedan krug bolesnih mesta, a napadao je na ono što je glavno, na osnove i temelje, u koje se malo ko pača. Mladi časovničar je voleo naročito prostog čoveka, izgladnelog građanina i odrpanog seljaka, ono upravo što drži celu piramidu društva, i koji najteže osećaju njen teret. Višnja je volela da sluša te govore. U doba reakcije, štampa je bila obamrla. Dvoje-troje novine koje su izlazile pisale su samo o ukopnim društvima, Transvalskom ratu i, za dobre pare, kadile vladu. Istina, Radoje nije znao zvonke fraze, njegov govor nije bio okićen sociološkim i ekonomskim terminima, on nije umeo ići u oblake tananih apstrakcija; on je stajao na zemlji i govorio prosto:

— U narodu je stanje odista očajno. Niko nije zadovoljan i niko siguran. Najako se osećaju tegobe od nerodice, od učmalosti, od mnogih državnih, okružnih i opštinskih dažbina. Svet daje i poslednju crkavicu, a nema ni puta, ni ćuprije, učitelja, ni lekara. Sve je više sirotinje u našem narodu. Sela, u kojima se nikad nije znalo za oskudicu, bore se sad za nasušni hleb. Opšta čama, večito jadikovanje, stalno nezadovoljstvo, grabež, otimanje, hajdučija, odsustvo zdravog morala, rasulo i nerad, to su glavne odlike današnjeg narodnog života.

Jednog malog praznika kad žene ne rade, Višnja je sedela kod Ostojićevih, kad Radoje dođe s jednim svojim prijateljem, mlađim činovnikom iz suda, te ih pozva, nju i Milevu, da izađu u šetnju do varoškog parka. Bilo je prehladilo. U varoši se osećala izvesna živost. Seljaci se vraćali kućama: ko u tarnicama, ko na konju, a većina peške. Ćevabdžije izneli roštilje na sokak i zadimili, a po zidu izvešali kobasice razne dužine i debljine. O bagrenju, opet, bojadžije obesili kanure bojene i nebojene vune, a mesari kožice suve i sirove. Pred kućama, na klupi ili po sanducima, posedalo ženskinje. Iza jednog plota, neke devojke odlomile granu od trešnje, pa tako beru i jedu. Po kafanama se čuo žagor. Deca se vraćala s kupanja i derala u sav glas. Park je pak ćutao usamljen. Tek ovde-onde video bi se, u tom parčetu zemlje ukraj Morave, zasađenom vrbama i pokojom lipom, kakav poluevropski obučen činovnik koji je cigarom duvana ubijao dosadu.

— Je li ti žao Beograda? — upita Radoje svoju susetku.

Devojka pocrvene sva kao da ju je neko uhvatio u nečemu nedopuštenom.

— Ne... nije — promuca ona nesigurno. — To jest, ja ću se skoro vratiti.

Časovničar se trže. Prostrana, tiha tuga, kao zimnji dan, raširi se iznenadno po njegovim grudima. Ali on nije bio čovek koji se podaje prvom osećanju, pa namače kačketu na čelo, raspali lušu i, odmereno, upita:

— Pa zar nisi svršila školu?

— Završila sam — odgovori Višnja glasom koji je sad zvonio pouzdanije. — Ali ne mislim da se tu zaustavim.

— A šta možeš drugo?

— Univerzitet.

— Univerzitet?

Mladić ju je gledao svojim čudnim sjajnim očima i kao da se pitao da ona ne tera šalu.

— Devojačka škola može biti dobra samo kao priprema. Ona nije dovoljna ženi koja hoće da bude na visini svoga vremena — odgovori Višnja i pogleda plašljivo u mladića, pa posle spusti glavu i dovrši kao po dužnosti: — Naša moderna žena izostala je daleko iza žena civilizovanih naroda.

— Da. Našem ženskinju treba pouke. U okrugu nema više od tri-četiri škole za žensku decu. Ali šta će tebi univerzitet? — tvrdoglavo je nastojavao Ostojić.

Devojka se oseti donekle uvređena, te podiže glavu. Njen pogled se susrete s mladićevim. Njegove oči gledale su je iz svojih duplja zagonetno. Ona priznade:

— Ja hoću da se obrazujem potpuno, do kraja, sistematski. Zašto da to pravo imaju samo muškarci?

— Jadno je to pravo, Višnja — osmehnu se Radoje sažaljivo. — Naša Velika škola zna samo da fabrikuje nemoćne činovnike; ona od mladih, pametnih, poštenih ljudi pravi bedne, glupave, nepoštene kancelarijske sluge, čiji je život prazan i pust koliko i ona arhiva koju iz dana u dan ispunjavaju.

Utom se začu neka psovka. Jedan seljak, prljav i iscepan, da bi ga u drugoj zemlji uhapsili, terao je svoju kobilu preko obližnjeg mosta.

— Pogledaj, Višnja, ovog seljaka. On možda nema da kupi druge čakšire. Ali zašto ih ne zakrpi?... Bar to ne staje ništa. Međutim, njemu to ne smeta, on to ne zna. A taj seljak to je naš narod. On je zapušten, prost, prljav, smrdljiv. Ipak, on nije nepopravljiv. Naprotiv, ja sam imao prilike da se uverim da je on divan materijal, ja sam siguran da je naš svet dobra rasa. Samo mu treba pouke. Ostavimo moderne žene neka brinu svoje brige, pa zagledajmo svoje jade. Neka naše žene nauče svoje ljude luksuzu čistote, neka mu omile kuću više od kafane, neka podignu bolji podmladak nego što smo mi. Šta će ti bolje emancipacije?

Išli su sad po stazi posutoj šljunkom. Oko njih se mešalo zasađeno cveće s divljom travuljinom. Kroz usko lišće od vrba promicao je pokoji sunčev zrak i izlivao svoj bakar i zlato po zelenom busenju. Radoje je odbijao kratke dimove na svojoj luši. Njegove oči su gorele kao žiška u duvana.

— Naš narod treba prosvetiti. Seljaka treba naučiti čitanju i pisanju. Treba ga uvesti u tajne našega doba, gde čovečju snagu zamenjuju često veština i priroda. Treba mu pokazati delom, ovu državu u stvari načiniti njegovom. I mesto što mu država oduzima poslednji groš radi čegrtanja skupe i nekorisne birokratske mašine, treba da mu ga ona vraća time što će mu osigurati bezbednost u selu, olakšavati mu veze s obližnjom varoši i daljim pijacama, organizovati stalnu brigu za narodno i stočno zdravlje, pojačavati prinos u poljoprivredi uvođenjem zemljoradničkog kredita za nabavku savršenijih sprava i sredstava, i uopšte pretpostavljati, svuda gde mu je to mesto, materijalnu kulturu nematerijalnoj.

VI

Oni su bili izbili na obalu Morave. Radojeva sestra i činovnik iz suda bili su izostali daleko iza njih. Pred njima pak se pružala ustalasana dolina Zapadne Morave čak do ibarskih planina, čije se zaokrugljene linije nazirale u prašini sunca na zalasku. Dolina je bila puna primitivnih baštovandžinica, gde su se uzdizale pritke procvetale boranije i pokoji usamljen dolap, iskrpljen blehom. Niže od njih rastao je grašak, sa širokim zelenim mahunama, koje su visile na sve strane kao fantastične rese. Po zemlji se protezale leje luka, između kojih se širio patlidžan, rumen i sočan. U nizinama videle se vreže od bostana i krastavaca; tu su bile podignute šiljaste zemunice, pod kojim je melanholični Čačanin, s velikim slamnim šeširom kao mangala, čuvao svoj mal surevnjivo i zabrinuto. Surevnjivo i zabrinuto jer se nadao svakog časa lopovu koji bi mu pokvario više nego što bi odneo, a bojao se i vedrog neba koje mu preti sušom neprestano. Oko plotova su rasli suncokreti. Oni su visoko dizali svoje krive, tašte, žutokrune glave i lepo se povijali prema povetarcu koji je pirkao iz Ovčarske klisure. Na izvesnim mestima probijala je Morava to zelenilo i tekla preko plićaka, ispod podrivene obale, krivudala po širokom koritu i gubila se na horizontu kao razastrto platno od srebra.

— Pogledaj ovu vodu — reče mladić devojci koja je stajala pored njega i gledala, stegnutih gubica, u lepu dolinu, gde je bilo tiho i bez ljudi.

— Svakog sekunda ona odnosi po čitava blaga. Stoleća su prošla otkako smo naselili njene obale; svaku stopu ove zemlje nalili smo svojim znojem i krvlju, a mi ne znamo još koliko neiscrpnog zlata leži u tim talasima. Višnja ga pogleda nepoverljivo. Prvo što pomisli bilo je: da mu zlatarski zanat nije zaneo mozak, te je namislio da crpe zlato iz te uboge rečice, za koju zna malo ko van Srbije?

— Mesto da nam koristi ta reka, ona nam plavi polja, zasipa useve, odnosi najbolju zemlju i preti da jednog dana zbriše celu varoš. Međutim, ona nam nudi hiljade ruku, da nam olakša borbu za nasušni hleb. Evo ovde u ravnici, gde se kiša očekuje kao blagodat nebesni, Morava treba da se razliva u mnogostruki splet zelenih potočića, koji bi ova poludivlja polja pretvorila u najlepši vrt. A tamo dalje...

I Radojev pogled izgubi se u planine koje su sa zapada blisko okruživale Čačak. Obrasle u šumu i bujad, one su dizale ozbiljno svoje vrhove ukrašene čipkom od bukava. Pogdegde videlo se neko raštrkano selo. Vetar je donosio otegnute seljačke glasove koji se nisu razbirali: da li su pesma ili zapevka. Iz planinskog sklopa izbijala je reka kao iz neke čeljusti. Iza njih je bila varoš: jedan širok drum, nizovi kuća i kućeraka, nakrivljeni plotovi, nekoliko lipa zasađenih pred kakvom kafanom, i široko nezgrapno kube starinske crkve, sa zlatnim krstom, koji se sija u vatri sunčane svetlosti. Usred tog velikog predela, stajao je Radoje, skromno, gotovo ponizno, s lulom u levoj ruci, i gledao tamo u pravcu planina na zapadu. On je bio miran. Ništa na njemu nije izdavalo uzbuđenje. Jedino su njegove oči sijale onom svojom vatrom, jako kao krst na starinskoj crkvi.

Višnja ga pusti da govori.

— Samo treba pretvoriti rečnu snagu u elektricitet — produži doista mladi sajdžija, načinivši desnom rukom jedan pokret kao da htede istrgnuti nešto. — Na svakom koraku, takoreći, može se podići po jedna centrala, čije bi struje noću osvetljavale našu varoš, naša sela, putove, a danju pokretale zanatlijske mašine, strugare, štamparije, razne fabrike za preradu naših sirovina. Mladić se vidljivo zanosio. Njegovo izbrijano lice grčilo se nervozno, a prsti su trzali štit od kačkete. Devojka ga je slušala s pažnjom i, u isti mah, sa izvesnim strahom. Ona je nesvesno upoređivala svoga zemljaka sa čovekom koga je ostavila u Beogradu, koji je takođe imao velika oduševljenja za bolji život, za nova pregnuća. Svojom malom glavom, ona je obuhvatala ove obadve široke carevine misli i trudila se da ih razume obe i da ih pomiri. Govor njenog zemljaka bio joj je bliži, jer je bio praktičniji, opipljiviji, zemaljskiji.

— To je moj plan — trže je iz tog razmišljanja Radojev glas, okrugao u tome trenutku, mek, treperav, kao da se odvaljivao od samog srca. — Ja mislim da podignem jednu takvu centralu pod Ovčarom. Uskoro ću otpočeti da govorim s nekim prijateljima... Tebi prvoj o njoj kazujem, i hteo bih da znam šta ti o tom misliš?

Višnjin pogled sukobi se s Radojevim očima. Tada joj se učini kako u njima drhti cela Radojeva duša, i zbuni se. Sunce je bilo došlo prema njima. Stvari oko njih bacale su veliki hlad. Devojka obori glavu i posmatraše dugo svoju senku koja je rasla pored nje. Najzad reče:

— Ti si pametan čovek... ti znaš šta radiš. Naša varoš duguje ti već mnogo, za park, za...

— Ne, Višnja... — odbi mladić skromno.

— Ja mislim da je to moguće, to će biti vrlo korisno, i, nadam se, naši će te razumeti.

— Da, meni je potrebno da me neko razume, da me ohrabri ako sustanem. Naši ljudi su prosti. Meni treba...

Ovde se Ostojić zaustavi kao opomenut jednom unutrašnjom primedbom, jednim od onih tajanstvenih glasova u nama samima koji ne varaju nikad. „Meni treba jedan iskren drug", hteo je reći,

„jedna žena kao što si ti, tako učena u svojoj prostoti, tako prosta u svojoj učenosti... ti, koja bi večito bila uza me, koja bi se posvetila mome delu, bila moj dobri genije, jer je svaki rad... naročito ovaj koji traje više godina, vrlo težak, ogromno težak..." On to ne reče. Uostalom, već ih pristigoše Mileva i njen pratilac.

Sunce je bilo na zalasku. To beše onoga istog trenutka kad je Čedomir Ilić izlazio iz kuće Matovića. I u Beogradu je sunce zalazilo, samo drugojačije, ćudljivo, burno, kako to priroda može da udesi pokatkad nad tom varoši, širom otvorenoj mađarskim pustarama. Crni, veliki letnji oblaci izvirali su iza Zemuna, sakrivali sunce, pa bežali dalje. Posle njih dolazili su drugi, pa treći, brzi, durnoviti, kao neke fantastične životinje. Jezovite senke prekrile bi zemlju, pa bi se učas izgubile i ustupile mesto blistavoj svetlosti kao od dragog kamenja. Jata vrana bunila su se po uličnom drveću, dizala se uvis, kružila neko vreme, pa opet sletala, i kreštala svejednako i jogunasto. U jednom trenutku sunce razbi oblake. Ono se ukaza svetlo, belo, kao rastopljeno srebro, i još visoko nad zarubljenim brdom preko Save. Sve se zapali. Rekao bi da se svetlost sjuri s neba bujicom. Mnogobrojni prozori na zdanjima i čatrljama, na Dvoru i bolnici, zaplamtiše živom crvenom bojom. Po zidovima ostarelim i novim, zapuštenim i očuvanim, prosu se neka čarobna narandžasta boja, koja se vidi samo kod leptirova, a na suprotnoj strani, po krovovima niskim, visokim, od olova ili proste ćeramide, s kubetima ili turskim dimnjacima, obrazovale su se plave senke, koje su još više isticale nebesku iluminaciju. Beograd je izgledao kao lepa Ciganka kad ide na bal.

Kad izbi na Terazije, Ilić zastade neodlučno. Bilo mu je još rano za večeru. Pogleda oko sebe neodređeno. Zatim se uputi ka Kalimegdanu, kamo idu, u njegovom raspoloženju, svi koji nemaju svoje kuće.

Sveta je bilo dosta u glavnoj ulici i pred kafanama. Ljudi su glasno razgovarali. Najčešće se pominjale reči o novcu, dinari, pa onda psovke, koje su u našem govornom jeziku tako familijarne da im često govornik gotovo ne shvaća pravi smisao. Još se nije znalo o skandalu u Dvoru. Večernji listovi ćutali su kao ribe.

Čedomir je išao brzo, ne znajući ni sam zašto hita. Svet mu je smetao, te siđe s trotoara. Oko srca mu je bilo veselo, toplo, pa i žalosno. Milo mu je bilo što je reakcija padala, sloboda se objavljivala, što je nastajala neka promena najzad. A mučno, što je, možda nesvesno, osećao da je on suviše mali da bi mogao pripomoći toj promeni. I još nešto. Mladiću nije bilo dobro. Valjda, bura koja se spremala u vazduhu, unosila mu je groznicu u krv. Ruke su mu gorele. Vatra mu lomila telo. Kad bi ga neko ma i očešao, zabolelo bi ga do srca. Blizu Kalimegdana srete ga jedna grupa drugova, Užičani i Crnogorci, s kojima se hranio. Oni su išli u gomili, grajali i prepirali se o nekom pitanju. Zaustaviše Ilića da čuju i njegovo mišljenje, i pozvaše ga kod *Pelivana*, bozadžije čuvenog u to doba u studentskim krugovima. Ali on odbi poziv ćutke, mahnuvši rukom, i uđe u park.

Tu je bilo sveta još više. Skloni se u kraj, gde je počinjala jedna sporedna staza. Načini još nekoliko koraka, i spusti se na jednu klupu, koju ugleda praznu i usamljenu. Po stazi je bilo mirno i toplo. Jedna crvena buba trudila se da se uspenje uz jedan kamičak. Stade posmatrati tu bubu i misliti... ko zna na koga! Na državni udar... na profesora kome u tom trenutku skidaju bukagije s nogu i nude za ministra... na profesorovu ćerku, oko koje će se već sutra otimati udvarači... na svoju ljubav: zdravu, odraslu palančanku, čije srce, možda jedino na svetu, kuca u tom trenutku za njega... na svoje lektire, ubeđenja, na sebe samog... Ko će reći ikad gomilu osećaja, misli, slika, uspomena, koje se pregone u čoveku u izvesnim časovima usamljenosti!

„Kud nađe tu ženu: plebejku, stariju od sebe, udovicu", reče Ilić u sebi iznenadno, ciljajući na kraljevu ženidbu. „Ne mogu da shvatim takav brak u običnim prilikama, a kamoli kad je u pitanju presto. Ko bi to mogao pomisliti samo jutros, samo danas u podne! Kralj Milan mu neće nikad oprostiti. Reakcionari su, valjda, besni od jeda; ministri nisu čekali ni ostavka da im se uvaži; njihovi kabineti zvrje prazni; kralj nije uspeo da sastavi vladu, večeras niko ne vlada Srbijom. Kruna će morati potražiti naslon na narod... moraće dati nov ustav, građanske slobode. Naše ideje idu u susret pobedi."

Mladić se osmehnu kao na neki svoj uspeh. On je voleo svoju zemlju duboko. Pored brige za ličnu budućnost, on je mislio i na budućnost Srbije. Njegovo biće i njegova zemlja bili su u njemu vezani čvrstim sponama, nasleđenim još od njegovog pradede golaća, a možda još i dalje, od predaka kojima imena nije znao, a koji su morali voleti ovu zemlju kad su se bȋli za nju. Čedomirov pogled pređe preko glavne staze, koja je opisivala jednu vrstu kruga, prelete preko gomile pepeljavih kaputa, raznobojnih bluza, nakićenih šešira, razapetih suncobrana, i zadrža se na jednom spomeniku, okruženom buketom precvetalog jasmina. Učini mu se kao da ga bista posmatra uporno. Ne mogade izdržati taj bronzani pogled, te saže glavu.

Misli mu pređoše opet na profesora. Učini mu se kao da čuje otvaranje apsanskih vrata, čitanje ukaza o pomilovanju, otkivanje gvožđa i nesigurne korake oslobođenikove koji prolazi bez brige pored naoružanog stražara što je dotle raspolagao njegovim životom i smrću, pa se slobodno upućuje u varoš. Posle se seti njegovog doma na Vračaru, skromne, gotovo sirotinjske kućice, gde narodnog borca očekuje njegova porodica. Oni će mu pričati o mnogo čemu, o mnogo komu, pa i o njemu, Iliću, mislio je; Mladen je brbljiv, a Bela... Na ovu reč mladić zadrhta. Jedan plamen zagreja mu obraze. Pred njim se pojavi, kao u magli, Belina glava, sa osmehom razmaženog deteta i šiškama po čelu, koje su senčile njeno lice preterano bledo, gotovo slabačko. U taj isti mah pojavi se i vizija Višnje, tako isto u magli, nejasno, nepotpuno, samo glavom. Bila je prava protivnost Beli. Čedomir natuče šešir na oči, hoteći da odagna ova priviđenja. „Matović će imati velikog uticaja na razvitak daljih događaja. On će nesumnjivo privesti u delo program stranke, ozakoniti slobodu štampe, zbora i dogovora", trudio se mladić da skrene pravac svojih misli na konkretne stvari, ali slike one dve devojke nisu mu izlazile iz glave, tako maglovite, obvijene dimom, senkama i suprotnostima, kao u snu.

Glavna staza razređivala se. Šetači se vraćali u grad. Između drveća hvatao se dug i veseo letnji sumrak u vidu tanke, prozračne izmaglice, kao fine svile, koja je blago i vidljivo drhtala. Plave boje prosipale se na park. Iz šume je dolazio dah noći, miris borovine, svežina rose, zadah trulog lišća. Jedan tramvaj škripao je uz brdo; električna svetlost sevnula bi nesigurno kao munja neke daleke bure.

Kao svi ljudi koji vole knjige, Čedomir je bio sklon maštanju. Tražio je samoću; uživao u lenjom gubljenju vremena. Koliko bi stvari video kako lete oko njega tako u tišini izgubljenih časova! Koliko prijatnih misli opkolilo bi ga kao gomila pravih prijatelja! Ljubazna poznanstva, laskave reči, dobre nade i obećanja uzimali su na se izgled stvarnih bića, rađali se jedan iz drugog, gurali se oko njega, prolazili pored njegovih očiju, veseli i šareni kao svatovi, i gubili se u noć preživelih godina. Presta brzo da se bori protiv pojave dva ženska lica, oba ljupka, oba prijateljska. Uostalom, on je u tom trenutku željkao jednu neostvarenu želju za promenom sadašnjice, nejasnu želju za nečim potpunim, savršenim, koja bi hladnom mis-liocu bila odmah apsurd, a koja je njemu izgledala samo nemoguća zbog njega samog, te mu izazivala potrebu da promeni sebe, da kida, da se razvede sa samim sobom. S punom zbiljom, kao da to samo od njega zavisi, pokuša da od te dve devojke načini jednu. Pažljivo je odabirao njihova preimućstva, dok je brisao sa njih sve što mu se nije dopadalo, sve što je kvarilo harmoniju njegove idealne žene. Tako je gledao u vrh jednog bagrema i u njegovim poslednjim granama, koje su se ljuškale na večernjem povetarcu, spajao slike svoje dve poznanice. Od Bele je uzimao njene sitne prefinjene crte, njen osmeh mačkice koja se umiljava, njenu nestašnu veselost; ovaj profil zadahnuo je Višnjinim povremenim rumenilom zdravlja, njenim izrazom besprekorne čednosti, dodajući još njene ugasite oči. Njegova mašta ne zadovolji se time. Ona ode dalje, i stade mu crtati položaj te svoje tvorevine prema njemu, u društvu, u životu jednom reči. Mašta je išla kao na krilima. Kad se dođe već do nemogućnosti, mladić se trže. Žalosna stvarnost prikaza mu se tada isto tako lako kao i taj san za idealnom draganom: on je bio samo siromašan đak, bez rodbine, bez sigurnog prihoda, bez prijateljskih veza i zaštitnika, prava društvena nula, nekoristan nikome i koji se nikoga ne tiče.

Ova izdaja sna zabole ga kao udar u srce. On se diže s klupe, prođe stazom i izbi na izlazak od parka. Noć je već navaljivala sa istoka i padala na varoške kuće, bele, sivkaste, crvene, crne, niske, visoke, nove, stare, zbijene i raštrkane kako ih samo Beograd može pokazati. I ta varoš, sa belim imenom, predstavi mu se crna kao groblje. Doista, svetiljke nisu bile još upaljene, te je vladao priličan mrak. Ulice, izrovane zbog nekih opštinskih radova, ličile su na nizove iskopanih raka. Gomile ilovače u pomrčini davale su utisak grobnih humki. Usamljeni plamenovi koji su se palili po prozorima bludeli su drhteći, kao duše prognate iz raja. Pusti prostori, po kojima se nazirala tek ovde-onde koja prilika što se lagano vukla, izazivali su misli o smrti. Bilo je nečeg grobnog čak i u kućama, iz čijih razvaljenih vratnica i podruma bez okana bio je tup mrak kao iz grobnice.

Ilić steže srce i uputi se lagano na večeru.

VII

Dani su prolazili vrlo sporo. Žarko julsko sunce pržilo je beogradske goleti, kao da je sijalo iz pakla. Ilić je imao stan, upravo krevet, izgubljen u sokačićima, dvorištima, barakama, stepenicama i rupama Savamale. Pod prozorima su mu rasli efemerni patlidžani, koji bi se sparušili čim bi za pedalj odmakli od zemlje. Žene su kuvale po šupama, odmah do pomijara i đubrišta. One su izlazile za trenutak iz tih jadnih krovinjara, kojima bi požar učinio milost, zavrnutih rukava, znojava lica, razdrljenih grudi i vrata, bosih nogu, pa radile nešto po dvorištu sagibajući leđa, šireći noge, izbacujući svoja preterano razvijena bedra, često nesvesne stida i srama, a ponekad namerno, s izvesnom ciničnom sirotinjskom perverzijom, koja daje sve više slasti što se niže pada. Kaldrma, kuće, krovovi caklili su se pod usijanim suncem gotovo u dijamantskom sjaju, te davali ulicama, koje su prazne ćutale, praznički izgled. Iznad varoši, dizalo se bezizrazno, prostrano nebo, u kojem se videla samo poneka lasta kao crna zvezda. Usred mrtve tišine u atmosferi, na Savi se, iznenadno i nečujno, podigne jedan stub vodene pare, pa, vrteći se oko samog sebe, kao utvara, poleti uz vodu, promakne gvozdeni most i izgubi se negde oko oskudnog zelenila na ostrvu Ciganliji. Predveče, kad malo prehladi, svet je izlazio na Kalimegdan: seoske učiteljice i malovarošani koji su došli o raspustu da vide Beograd, besposleni radnici, stanovnici predgrađa, sitni činovnici koji nisu mogli otići u banje: jadan, neveseo svet koji se drugim danima ne opaža u prisustvu žena i ljudi, lepih, zadovoljnih, sračunatog držanja suknje ili cigare, vesela lica, oholog pogleda i odela po poslednjoj modi.

Ilić je ponosito snosio svoju sirotinju. S nevinom verom u budućnost, on je trošio svoje mlade godine radeći da bude dostojan poverenja koje će mu se nekad ukazati. Od lekcije koju je imao plaćao je stan; ostajalo mu je još nešto za duvan, sitan trošak i pokoju knjigu. Hranio se na kredit, do boljeg vremena, gde i ranije. To je bilo tamo, kad se pođe sa Zelenog venca ka Varoš kapiji, pa levo. Tu se vidi jedan dućan svoje vrste, uglavljen između jedne papudžinice i trgovine sa starim knjigama. Ništa ne svraća prolazniku pažnju na njega: firma ni model robe što se tu može naći. Ali oni radi kojih taj dućan postoji poznaju ga na prvi pogled po njegovom prozoru, uprljanom muvama i masnim rukama. Tu vise nizovi neke vrste kobasica, žuti se sud kiselih krastavaca, izložena je činija običnog sira i nekoliko hlebova od groša. Taj dućan je beogradski specijalitet, jedna vrsta privatne narodne kujne ili restorana bez alkohola. On se jezikom svojih posetilaca zove zvonko: čokalinica. Od sviju čokalinica, ova je najstarija i na najboljem glasu. Čitave bajke pričaju se o ljudima koji su jeli u njoj, u danima svoje mladosti, njen pasulj s pastrmom, skuvan na osoben način, čokalijski pasulj, s mnogo paprike i vode, a malo pasulja i pastrme, ali za koga tvrde da je najukusniji od svih srpskih pasulja. Jedan profesor univerziteta, dva poslanika na strani, nekoliko ministara, jedan milioner, i tako dalje, vele da su prošli kroz dve sobe iz kojih se sastoji ova čokalinica, i ostali ponešto dužni po umašćenim i u krajevima ispresavijanim, dugačkim tefterima njenog gazde, nekog malog, trbušastog Maćedonca, kiselo nasmejanog lica i krivih nogu. Njega svi njegovi gosti zovu Strika, pa po njemu i njegovu gostionicu: *Kod Strike*, te joj je to ime ostalo u publici, sigurnije nego da je firma protokolisana kod suda.

U čokalinici se živelo dosta veselo. Kad nisu kritikovali mitropolita što im ne usliši molbu da se preko leta prehrane u kakvom manastiru, oni Užičani i Crnogorci bili su vrlo zanimljivi, nastavljali diskusije o njihovim pitanjima, pravili pošalice. Tu su stizale prve dnevne vesti preko štamparaca, kako su se ovde zvali slovoslagači. U njihovu sobu, koja je bila za bolje goste i u isti mah služila za kuvanje, dolazile su obližnje radnice da odnesu kući vruć ručak, koketovale prostački grimasama, vratom i kukovima, i, za jedan glas više, naručivale mokroluškim žargonom:

— Strike, sipi mi dva'es' para pasulja.

Ponekad navrati i Zarija Ristić, sledbenik klasičnih filozofa, i nudi na prodaju sveščice svojih *Grom-misli*. Publika se stane da nadmeće ko će više znati napamet tih njegovih buntovničkih izreka: „Abdikacijom nekih vladara nije ništa pomoženo narodima kad ona nije u korist republike... Od patriota beži opštim ljudima: da blago ti budet i da dolgoljetno poživiš na zemlji... Da postoji raj, svaki bi se starao da što pre umre... Kart blanš imaju: deca, ludaci, vladari, crkveni poglavari, bašibozuci, komandanti armija... U Srbiji ima toliko budala, da se za pedeset godina ne rodi nijedan, ipak bi ih dosta bilo... U programu druga Tolstoja samo je poslednja tačka dobra, jer je digao ruku od svega i počeo bežati od svojih... Najiskrenije su životinje krokodili, jer liju suze za odbeglim plenom... U državama gde je omorina, težak, zagušljiv vazduh, prvo, kao najnežniji, umiru vladari i članovi dinastije..."

Ilić je voleo Zariju prisno. On je u njemu video jednog saputnika na istom putu, na putu u intelektualni život, čoveka koga su intelektualne radoznalosti, živa mladost, sumnja u radost koja se nudi, nepomirljiv idealizam, neutoljiva žeđ za usavršavanjem, svi instinkti jedne duše budne, upečatljive i nesređene, obuzeli, zaneli i osudili na najteža iskustva. Rodom iz Bijelog Polja u Staroj Srbiji, on je prešao ovamo da se školuje, potucao se od gimnazije do gimnazije, stalno oduševljen, stalno bez marjaša, maturu nije položio i pohađao je Veliku školu kao vanredni slušalac. To je bio tip svoje vrste; dok su njegovi drugovi bili državnici, naučari, pesnici *in spe*, on je sebe posvetio za filozofa. Zato je smatran za smešnog, iako ih je bilo mnogo luđih. U državnoj službi nije našao mesta, iako su tamo postavljani ljudi s manje škole od njega. Divno je čudo bilo što pored svoje filozofije nije već umro od gladi. Svoj poziv je shvatao na starinski način. Za njega filozofski sistemi nisu imali vrednosti. Naročito nije mario nemačke filozofe.

— Njihova se nauka sastoji — tvrdio je — u davanju neobičnog smisla običnim rečima i izlaganju vrlo razumljivih stvari na nerazumljiv način.

On je hteo da bude prosto mudrac. Svoje misli nalazio je šetajući po varoškoj okolini, koju je nazivao prirodom. Potvrđenja svojim zaključcima tražio je u običnim razgovorima u društvu, pesmama omiljenih pesnika, u člancima dnevne štampe.

— To je božanska iskra instinkta, koja je čoveku ostala iz prirodnog stanja — objašnjavao je razlog što su zrnca filozofije došla na ta neposvećena mesta, smešeći se kao dete.

U tim prilikama došlo je Iliću prvo pismo od Višnje. Ono je bilo u jednom velikom poslovnom zavoju zelene boje, s natpisom radnje njenog oca. Posle je došla karta, obična poštanska dopisnica, ispunjena jeftinim plavim mastilom, koje je možda sam gazda-Mitar pravio. Zatim je došla opet jedna karta, sa slikom neke velike zgrade i kraja ulice, koja se gubila u nizini svojih prostih, neuglednih kuća. I onda opet pismo, u istom bakalskom kovertu, s hrapavom hartijom, po kojoj se prolivalo mastilo. Ah, ta pisma! Ona nisu sadržavala nijednu neobičnu reč, nijednu nežnost. U njima nije bilo spomena na ono što su zajednički preživeli i proživeli. Ona su počinjala prosto, jednom reči: „Čedo!" i, malo đački, malo novinarski i knjiški, izlagala strogo, gotovo suvo, obične prilike, način života i življenja jedne devojke u palanci. Opis jednog izleta u Ovčarsku banju ili kakva nestašnost mlađeg brata ispunjavali su po čitavo pismo. Pa ipak, ta su pisma bila kao nebesni dar, na tim vrućinama; ona su pozlaćivala Strikovu čokalinicu, pretvarala savamalske avlije u čarobni vrt, unosila beskrajna oduševljenja u mladićevo srce i bila najlepša lepota njegove mladosti. On ih je čekao s bezazlenom radošću, kao što deca čekaju velike praznike. On ih je voleo gotovo isto toliko koliko i nju samu. On je bio kadar zagrliti pismonošu koji bi mu ga predao i poljubiti sto svoje sobe gde bi ga našao. On je sačuvao sva ta pisma, te zvanične karte s unakaraćenim licem kraljevim, te slike gimnazije i pijace koje su mu predstavljale Višnjino mesto, te bile kao jedan deo njen i mile mladiću kao krajevi raja. On je brižljivo ostavljao te hartije u dno svog đačkog sanduka, poređane hronološkim redom; zaključavao ih po dvaput, tresao katancem još radi svake sigurnosti.

Odgovarao je devojci u istom uzdržanom tonu. Čak da je i mogao od njenog oca i njene kuće, on ne bi smeo poveriti svu tu iznenadnu raskoš svoga srca i čudnovatu lepotu svoje mašte; jer to nije bila više Višnja koja se pojavljivala iz pisama. To je bila vizija neke nemoguće žene, o kojoj svi sanjamo, koju svi očekujemo kroz ceo svoj život. Život prolazi, a ona se nikad ne pojavi, ne pomiluje naše usijano čelo, ne poljubi naše zanesene oči. Niko ne poverava ove najdublje tajne svoga bića, one se kriju i od sopstvenih očiju, i obujme nas tek kad nas, kao neko fino vino, prevare svojom lakoćom i slasti, pa opiju blago, zamagljavajući našu svest i stvarnost. Ilić je pisao o sitnim događajima, pročitanim knjigama, o Zariji Ristiću i o velikim vrućinama u Beogradu. Ipak, pišući o tim prostim stvarima, na samu misao da to piše ljubljenoj devojci, njega je obuzimala neka čar, skoro fizička, i on je terao perom, kao da brodi morem načinjenim od samog milja i zanosa, pa kad bi pismo svršio, napisao adresu i zalepio zavoj, dubok, sladak uzdah oteo bi mu se iz grudi, a glava mu klonula, kao da je nekog dugo grlio, ljubio.

Kad bi se Višnja zadržala s odgovorom, on je otključavao kofer, vadio stara pisma, nosio ih u najneposećenije kutove varoških parkova,

i tu ih ponovo čitao, razgledao svaku reč, zagledao u marke, u poš-
tanske štambilje i datume. U tim suvim i vrelim danima kad nikoga
nije bilo oko njega, ta su ga pisma uveravala u sve što je nesvesno
hteo, što je tražio od života. Ona su mu bila jedini poverenik. On
je njima šaptao svoje maglovite snove. Njine proste reči pevale su
mu zanosne melodije, u kojima je nalazio izvor svome oduševljenju.
U njihovom neispisanom rukopisu video je uzburkane dubine svoje
budućnosti, pronalazio je put svojih misli. Jedno žensko srce kucalo
je za njim. On to sad zna, zna pozitivno, ima dakle sigurne dokaze...
te poređane hartije, tu arhivu, već veliku. I uvereni pristalica ma-
terijalističke filozofije pretvarao se u nežnog ljubavnika: u njegovim
godinama čovek je sav oduševljenje, sav toplina, sav ljubav.

VIII

— Znaš li da se Ljuba Ćopa vratio sa sela? — reče Zarija Čedomiru.

— Kako je on?

— Možeš misliti... Razgovarali smo celo jutro. Još udara na beli luk, a već razvezao o Plehanovu, Ogistu Kontu, socijalnoj revoluciji, Karlu Marksu, univerzalnoj slobodi i emancipaciji žena. Emancipacija!... Da divne reči za našu zemlju, gde niko ne voli da se pašti, čak ni za svoje zadovoljstvo! Prepirali smo se dugo, ali mu još sve nisam rekao... Imaš li vatre?

Ilić mu pruži kutiju s palidrvcima, i upita ga, pola u šali, pola ozbiljno:

— Otkad ti posta tako ogorčen neprijatelj socijalnog napretka?

— Socijalnog napretka... rotkve strugane!... Mi smo suviše mali da mu budemo prijatelji ili neprijatelji.

Šetali su po školskom tremu i čekali da se otvori biblioteka. Raspust se približavao kraju. Velika škola počinjala je ponovo da oživljava. Po njenim prostorijama su odjekivali razgovori i živi koraci mladog sveta. Njih dvojica se behu primakli prozoru što gleda u dvorište. Po kaldrmi je igralo suvo i toplo sunce koje prethodi jesenjoj hladnoći i vlazi. Jedna kamara neisečenih drva rogušila se u senci koju je pravilo krilo univerzitetske zgrade. Inače, zidovi su se svetleli kao podmlađeni na prijatnoj prigrevici.

— Mnogo je manje ljudi, nego što se misli obično, koji stvaraju svoj život po svojoj volji. Ali, kaži mi... molim te, koliko je tek malo takvih žena! Žene primaju nauku koja im se predaje, veru koja im se propoveda, muža koji im se daje, sreću ako je sretnu, nesreću mnogo češće, i sudbinu koja im se odredi. Reč sloboda za njih je smisao zla. One inače ne znaju za nju. A one koje je nazru, one su kao ove muve što se lepe uz prozorsko okno... Pogledaj ih! — i Ristić pruži prst na prozor. — Ko će znati šta one vide svojim mrežastim očima! Ipak, one osećaju topao vazduh, svetlost, ogroman prostor, slobodu. Njihov sitan mozak ne može da pojmi kako ta nevidljiva materija, to staklo, sprečava njihov let. Takve su i žene koje primami sunce slobode. One mu polete, bez razmišljanja, ali hiljade nevidljivih prepreka sprečava njihov let i one će propasti tako, ostati matore devojke, umreti kao te muve ako im ne otvoriš prozor.

Zarija pređe na iluziju slobode, ode u metafiziku, izgubi se u apsurdnosti daljih dedukcija.

Na časovniku u dvorištu izbi tri sata.

— Hajdemo u biblioteku! —reče Ilić.

— Zar ti nije žao ovako lepog dana? — odgovori mu filozof. — Knjiga prirode je širom otvorena, hajde u prirodu!

Čedomir, kao dobar Sloven, primi rado ovaj izgovor da ne radi ništa, i prista. Oni pređoše trem. Jedan stari čovek, koji je stajao u udubljenju nekih ukinutih vrata i prodavao pogačice, pozdravi ih po svom običaju. Oni se dohvatiše šešira i izađoše na ulicu. Ali tek što se spustiše niz nespretne stepenice starinske zgrade, kad Ilić zasta, kao zadržan nečijom snažnom rukom. Iza prvog ugla pojavljivala se jedna mlada devojka u korektnoj muškoj jaki; plav pramen kose sakrivao je njene uši do polovine.

On zadrhta kad primeti svoju prijateljicu, malu palančanku punu oduševljenja, pisca svih dragih karata i pisama koje je dobijao. Ona ga je takođe primetila. Crvenila se, gledala ga veselo i smešila se.

Njeni zubi sijali su ispod rumene, sveže gubice kao drvo pod pokislom korom. Zgrada Velike škole bacala je debelu senku čak preko ulice. Dalje od nje, po jednoj pijaci, oko sanduka, gomile bostana i pokrovaca, skakutali su sunčevi zraci. Nebo je bilo vedro. Tek poneki oblak bio se zaustavio u moru otvorenog plavetnila kao santa leda. I po okolnim kućama bilo je dosta svetlosti. Ali šta je ona bila prema blesku koji puče pred očima mladićevim kad ugleda svoju draganu! Sve se izgubi, potonu u neku srebrnu prašinu, u maglu dijamantskog praha, pred slikom devojke skromne, lepe, stidljive i prirodne. Ta je slika preporučivala molitvu, davala oproštaj, ugušivala sebičnost, budila sve umrle vrline. Ilić nađe jedva vremena da kaže Zariji:

— Pardon... Imam posla. Do viđenja! — i već se nađe pred Višnjom, stidljiv i on, zbunjen, svetlih očiju, uzdrhtale brade, zgrčenih prstiju i s groznicom po celom telu.

Šta su oni tada rekli jedno drugom? Da li su zastali ili udarili levo? Desno? Šta su tada osetili? Ko to zna? Ko će to reći? Ni oni sami ne bi umeli kazati. Mladić se sećao tek docnijih trenutaka, kad su bili odmakli daleko od univerziteta i kad mu je Lazarevićeva govorila:

— Muke sam videla dok su moji pristali da se vratim u Beograd. Tata još kojekako, ali majka!... Udarila u plač, pa zapomaže po kući. Ja nisam popuštala. Zapretila sam im da ću ih ostaviti, da ću ih se odreći. Jest... Odreći ću vas se... govorila sam im, javno, preko novina, da ceo svet vidi kakve imam roditelje.

Ceo dan su proveli u šetnji. Predveče, kad je sunce naginjalo zapadu, devojka zažele da vidi zalazak na Savi.

— Uželela sam se Beograda, bogami — reče pri tom veselo i mahnu rukom kroz vazduh.

Uzeše topčiderski tramvaj. Kod jedne mehane, već van varoši, siđoše s kola i uputiše se oboje polako drumom. Posle nekoliko minuta, nađoše se pred Ciganlijom, na onom istom mestu na kojem je Ilić poljubio prvi put svoju draganu. Uvrh puta stajala je još ona klupa na kojoj su sedeli. Proletos je bila zelena, a sad se belela od prašine, kao da nikad nije bila bojena. Student obrisa pažljivo sedište i pozva svoju drugaricu. Ona sede veselo, tako da joj oba stopala odskočiše od zemlje.

— Kako je lepo ovde! — reče ona lagano, kao za sebe.

Sunce je zavijalo svojim sjajem tihu vodu, zarđale šume i jedan parabrod nasred reke. Dim od lađe razvijao se kroz bistri vazduh na sve strane toga širokog pejzaža. Obala se ogledala u vodi tako jasno da je gledalac mešao stvarnost sa iluzijom.

— Nigde nisam videla ovoliku potpunost u ogledanju na vodi — produži devojka. — Pogledaj desno... tamo ispod dereglije, dole u vodi, nije li ono jedna ptičica?

Doista, Čedomir ugleda sliku jedne vrbe i u njoj sliku ptice kako stoji na grančici. Još ceo jedan svet njihao se pod vodom i sa onim nad njom, stvarao čarobno savršenstvo.

Čedomir Ilić je žudeo za životom, za životom potpunim. On je hteo da ga vidi jasno, tu, pored sebe, da se sav zagnjuri u njega. On je toliko očekivao ovu devojku, da joj kaže koliko je voli, da joj otkrije, pored carstva misli, skrovište osećaja. On je uspeo da se ona vrati u Beograd. Ali, evo već nekoliko časova kako su jedno s drugim, a on ne uspeva da joj kaže jedne reči koja dolazi iz srca. Ćutali su. Vazduh je treptao oko njih pozlaćen kosim zracima sunca. On uze za ruku svoju drugaricu; brzo se trže, njena ruka bila je hladna kao mrtva. On je ponovo prihvati i prinese je k srcu.

— Ne... ne, Čedomire! — reče Višnja, i istrže ruku.

Pa i docnije, ona je izbegavala ova milovanja, kao da je osećala da se cela ljubav ne sastoji od poljubaca. Ona je tu ostala nepokolebljiva. Ništa nije bilo kadro izmeniti duboko osećanje morala koji joj je nesvesno ulila starinska kuća njenog oca. Pročitane knjige i život u prestonici dopuštali su joj pokoju simpatiju, prijateljstvo prema mladiću, ljubav reči i uzdisaja, ali dalje... prava ljubav je za nju bila zabranjena. Kao svi ljudi zdravi i prirodni, ona se bojala svega što je anormalno, bolesno, misteriozno. Pravu ljubav je videla samo u braku. Upravo, ona za nju nije postojala, već brak, muž. Tome je trebalo očuvati, žrtvovati sve, živeti tako da niko, osim njenog muža, neće moći reći:

„Ona je bila moja dragana. Ja sam je grlio."

Stoga ona nije očekivala od Čedomira ljubavne napitke, već izjavu, onu malo starinsku izjavu kojom se prosi ruka u devojke. Ona je očekivala da je on nazove svojom verenicom, dâ joj obećanja za ceo život, svečano, pred roditeljima i publikom, pa da mu preda celu sebe, svu raskošnu mladost koja je bujala u njenim grudima i svakog trenutka joj isterivala stid na obraze. Inače, u svemu drugom, menjala se ka idealu koji joj je Ilić otkrio, mešala se u društvo mladih ljudi i devojaka, podražavala muškarcima, prezirala modu, čitala sudsku medicinu, jela ulicom kifle i perece, koračala krupno; suknje su letele oko nje kao mantija u popa.

Višnja se dobro osećala na Velikoj školi. Akademska sloboda joj je prijala. Mogla je urediti svoj život po svojoj volji, izlaziti kud hoće, vraćati se kad hoće. Nije se morala više bojati svojih nastavnica. Nije morala trčati na čas da ne zadocni. Pa i ti časovi! Nije ih bilo više od dva-tri preko dana. Za njih se nije moralo spremati. Nije bilo ocena ni prozivanja. Već se sedne u klupu, profesor govori, ko hoće da beleži, on beleži, a ko neće, onda to toliko.

Kapetan Mišino zdanije, gde se nalazila Velika škola, imalo je nečega prijateljskog, svoga. Ono je bilo kao opšta đačka kuća, nepobedan bedem koji je prkosio svakoj reakciji. Policija nije smela ući tu; za đake je pak bilo stalno otvoreno. Moglo se tu skloniti od žandarmske potere, ispred kiše ili kad čovek ne zna kuda će. Uvek bi se našlo društva, vodili se zanimljivi razgovori o pametnim stvarima. Nije se pravila razlika po starešinstvu, godinama ni po porodici. Svi su bili studenti, ravni jedan drugome. Čiča s pogačicama pozdravljao je stalno učtivo, imao pri sebi palidrvaca da se upali cigara i davao na veru. Moglo se ići iz hodnika u hodnik, iz slušaonice u slušaonicu, s predavanja na predavanje. Niko vas nije pitao: šta ćete i koga tražite? Sloboda, draga, mila sloboda, pun ideal toga pojma, tako prisnog svima nama naviknutim na raspuštenost istočnjačkom prirodom, savršena sloboda, uskraćivana dugim ropstvom pod Turcima, ispunjavala je taj posvećeni kut Beograda i bila njegov najbolji ukras. Tako slobodna, još više je ušla u socijalističke ideje, u borbu protiv formalističkog društva, gde diploma zamenjuje talenat, gde parče hartije vredi više nego glava. Te su je teorije hrabrile, podizale, oduševljavale. Ona je verovala u njih, u njino brzo ostvarenje, u njihov veliki princip: „svakom po sposobnosti, svakoj sposobnosti po njenoj zasluzi".

IX

Matović nije pušten s robije onako brzo, upravo prekonoć, kako su se nadali na domu. Kralj mu je na dan venčanja oprostio samo pola kazne. Docnije, dali su mu udobniju ćeliju, skinuli mu gvožđe s nogu, dopuštali posete prijatelja. Tek pod zimu, Jovan dobi potpuno pomilovanje. Stranka mu dade mesto glavnog urednika svoga organa. Znaci narodne ljubavi pratili su ga ulicom. Vlada nije mogla drugojačije nego mu nađe lepo mesto u državnoj službi. To dopusti Matovićima da se premeste u jednu veću kuću. Bilo je krajnje vreme, jer su sad imali i suviše gostiju. Bilo je među njima starih, oprobanih prijatelja, a bilo ih je i takvih koji su ranije obilazili daleko profesorov dom kao mesto nečastivih. Jovan im je opraštao velikodušno, govoreći:

— Ne treba ljudima zameriti, to su bila zla vremena. Šta su oni krivi ako su bili slabi ili imali protivna ubeđenja? Ja sam o tome u apsu razmišljao dugo, pa sam došao do zaključka da se velika zla ne čine namerno, s predumišljajem, već... onako, iz ljudske ograničenosti.

Kuću su renovirali iz osnova. Tu je glavnu reč vodila gospa-Kleopatra. Našla je jednog jevrejskog trgovca koji je dao nameštaj na otplatu. Pri izboru, poklonila je naročitu pažnju na salon.

— Divno! — govorile su gošće kad ih je Matovićka uvodila u njega.

Doista, salon je bleštao u novom plišu i svežim bojama. Samo je bio nezgrapan sa svojim velikim kanabetom, nešto sumoran sa teških zavesa koje su stajale kao prilepljene uz prozor, i sa odsustva prisnih sitnica, domaćih uspomena i drangulija, hladan kao dućan s nameštajem. Vešt posmatrač bi po toj odaji ocenio ženu koja ju je namestila. Matovićka je imala razvijeno telo, kao u žandarma, krupnu glavu, crne veđe, kruto držanje, nabeljene obraze i ofarbanu kosu; posebno je isticala očuvano grlo i potiljak ćilibarske boje. Kad bi je čovek video prvi put, pomislio bi da je gorda i naduta, ali, u iole poznatijem društvu, ona je govorila mnogo, nije birala reči i prebacivala se. Sa nešto urođenog vizantinizma, ona je imala jedinstvenu veštinu da izmiri u sebi ženu koja gospodari kućom i ženu koja smatra da je njen poziv u životu viši od obične brige za kujnu. Na licu joj je počivao otmen umor, koji je trebao da pokaže svetu koliko sirota žena ima posla oko spreme kuće i dece. Mlađi su drhtali pred njom. U mešenju kolača se odlikovala: imala je šezdeset četiri recepta za razne vrste. Njen glavni zadatak bio je da dopuni svoga muža time što će njegove seljačke sklonosti parirati svojim gospodskim ponašanjem. Redovno je išla po slavama, pravila posete, stupala u humana društva, vodila politiku. Ona je volela te izlaske, pri kojima joj se davala prilika da istakne svoje odlično poreklo, fine manire, da pokaže kako je prava sreća za zemlju i Matovića što je ona njegova saputnica u životu.

— Kleopatra, treba povisiti platu tom mladiću što poučava Mladena — reče joj jednom muž. — Život je skup, a čovek mi izgleda valjan.

— I ja sam to nešto mislila. Drugo je sad, a drugo beše pod prokletom reakcijom. Tek, žao mi je, čoveče, para... Nego, velim, da mu kažem nek dolazi kod nas na hranu. Njemu će se poznati, a nama je svejedno: kud jedemo svi, biće i za njega... Možemo mu dati i jednu sobu u avliji — dodade gospođa posle nekoliko trenutaka. — Prazna je, držim samo nekoliko venaca luka.

— A šta ćeš mu za stvari?

— Ima starog mebla koliko hoćeš, trune mi gore na tavanu!

Tako bi i urađeno. Ilić se u početku snebivao, osećao se kao na teretu, na smetnji. Posle se navikao. U stanu je imao što treba skromnom čoveku. Matović je bio prijatan prema njemu, razgovarao se s njim dugo, ozbiljno, o krupnim stvarima iz politike, o narodu, zadacima Srbije kao države i zemljoradničkom osiguranju, o kojem je pisao jedno delo s naučnim pretenzijama. Osećao je da stari, nije voleo da mu se protivureči i davao je česte savete.

— Uzmite se na um — rekao mu je jednom. — Vi više niste dete. Kroz nekoliko meseci svršićete školu i postati javan radnik. Stalo vas je skupo dok ste dotle došli. Ali još sve muke niste preturili. Tek stoje pred vama one koje su najteže.

— Pazite se. Mi prelazimo čudna vremena — rekao mu je drugom prilikom. — Izgubili smo mnogo u neradu, u jalovom trvenju. Narodi oko nas neće čekati da mi dobijemo vremena. Moraće se žuriti... A vi, mladi čoveče, iz škole ćete ući pravo u život. Država će vam poveriti jedan posao. Vaša porodica, društvo, stranka kojoj pripadate, tražiće vam takođe izvesne obaveze. Sve je to ozbiljno. Vašim imenom i ugledom jamčićete za ispravnost svojih postupaka. Život, smrt, ljubav, otadžbina, brak, prestaće da vam budu mislene imenice. Ali ne bojte se, ne bežite od života; s njim je kao i s plivanjem: nauči se kad kuražno ostavimo plićake. Jer, najzad, našto večito trčati za kritikom, za rušenjem, za duhovitošću, za ismevanjem i skepticizmom?

Gospođa je isticala pred decom mladićevu učenost i govorila:

— Ugledajte se na gospodin-učitelja. Eto, njemu nije bilo sve potaman, pa je uvek prvi đak.

Posebice je Bela bila ljubazna. Ona je razumela da je sirotinja jedan nedostatak. „On siromah, a ja hroma!", mislila je i verovala da su tako ravni jedno drugom.

U toj sredini koja je bila daleko od prave raskoši, ali za Ilića predstavljala gotovo svet blaženstva, popuštala su njegova načela strogog socijalizma. On je sad osećao potrebu višu od te negacije današnjeg društva. Nije se mogao zadovoljiti više čekanjem da budućnost donese ili ne donese novi društveni sklop. Trebalo mu je nečeg novog, razonođenja, mogućnosti da se krene jednim novim putem kojim dotle nije bio prošao. Uostalom, mnogi njegovi drugovi su već činili koncesiju životu. U klubu, koji je nosio zvonko ime Grupa velikoškolaca socijalista, počelo je da dolazi do razmimoilaženja u pitanjima taktike, nastajali su ozbiljni sukobi, podnosile se ostavke, očekivao se neminovan rascep. Ta prilika dođe. Imalo se da se reši da li će grupa učestvovati u mitingu koje je građanstvo priređivalo u korist izbora Srbina vladike u Maćedoniji. Predsedništvo je predlagalo da se klub uzdrži od te patriotske manifestacije s razloga što je proleteru svejedno koji će ga kapitalist eksploatisati, Srbin ili Turčin, svejedno koji će pop za to zahvaljivati Bogu. Jedan deo članova usprotivi se tom predlogu odlučno, navodeći da socijalizam ne poriče narodnost, a specijalno srpskoj narodnosti u Turskoj vera predstavlja još veliku činjenicu. S načelnih raspra prešlo se na lične zađevice i grdnje. Klub se pocepa. Jedan manji deo ostao je u Grupi. Ostali pak osnovali su Radikalni klub. Među ovima je bio i Čedomir.

Višnja pak ostade dalje na barikadama. Ona nije opraštala svome drugu tu izdaju zajedničkih ubeđenja. Ona je išla u krajnost kao sve žene. Da joj je Ilić u početku propovedao mržnju protiv crvene zastave, ona bi bila njen najljući protivnik. Ovako, ona je bila njena vatrena pobornica, nije mogla da shvati svoga druga i pitala se otkud dolazi ova promena.

Čedomir je pokušavao da se objasne.

— Ne, nikako... ja nisam prestao biti socijalist — govorio je. — Kad bih živeo u Belgiji, Engleskoj, u drugim industrijskim državama, ja bih se sav posvetio klasnoj borbi. Ali ovde, Višnjo, mi još nemamo baze; treba prvo stvoriti političke slobode, bez kojih se ne mogu zamisliti pojedine organizacije; treba od ove orijentalne satrapije načiniti pravnu državu. Ja se čudim kako na to nismo ranije mislili. Ja se smejem kad se setim izvesnih predrasuda koje su mutile moju savest.

Višnja je tada upravljala na svog druga gorak pogled koji je značio razočaranje, i ćutala. Ona nije bila još toliko jaka da mu baci istinu u oči, rekavši mu:

„Renegat!"

To razočarenje ju je utvrđivalo u odluci da ne dopusti svom obožavaocu zadovoljstvo ljubakanja.

— Tako ćeš, jednom, i mene ostaviti — odbijala je njegova umiljavanja — i čuditi se... i smejati predrasudama!

Govorila je to da bi ga kaznila. Ona je inače verovala da je on voli jako, jače nego što je on bio uopšte sposoban da voli, ludo, smrtno. U tom trenutku je imala pravo. Njeno odbijanje padalo je vrlo teško mladom studentu. On se trudio mnogim sredstvima da pridobije njenu staru naklonost. Ali pravo sredstvo, ponudu za brak, nije upotrebljavao. Možda bi samo jedno polovno obećanje bilo dovoljno, pa da ga ona ponovo zavoli bez bojazni. Jer je ona bila žena, a kod žena, kad je muž u pitanju, načelne razlike ne predstavljaju veliku smetnju. Međutim, to nije bilo moguće. On nije hteo da sklapa ozbiljnije veze, on nije tražio u njoj zvezdu pratilicu, on je hteo da ona bude jedino meteor, koji će se pojaviti na njegovom nebu, osvetliti ga čarobno za koji trenutak, pa se posle izgubiti, ostavljajući studenta da ide svojim putevima. Ona je bila samo nešto prolazno... samo jedan stupanj u visokim stepenicama, uz koje se peo.

Te suprotnosti podržavale su kod dvoje zaljubljenih jednu vrstu borbe čas prikrivene, čas otvorene. Čedomir se ljutio. Dešavalo mu se da provede po nekoliko dana ne videći svoje dragane. Trudio se da ne misli na nju. Hteo je da je zaboravi. Njena slika se brisala, srce ćutalo. To je trajalo neko vreme. Iznenadno, osetio bi da ga nešto vuče k njoj. Hiljade stvari, bliskih toj devojci, izašle bi mu pred oči i nagonile ga da je opet vidi. Sreo bi se s njom. U pogledu koji je upravljala na njega, on bi spazio ponos koji strada, a možda nešto i nepoverenja. On joj je onda prilazio. Ona mu je pružala ruku, puna ćutljivog jogunstva, nasleđenog iz Čačka. Ilić se tada jogunio takođe. I rat se produžavao, menjale se samo pozicije.

X ▌

U tim mučnim trenucima, Ilić je, bezmalo, mrzeo svoju draganu i verovao da ga ona mrzi. Svaki njen pokret koji nije išao u prilog njegove sebičnosti, tumačio je kao da je upravljen protiv njega: bilo da ona ne dođe na zajednički čas, bilo da ga ne primeti na ulici, bilo da se suviše smeje sa ostalim drugovima. Pa i ti drugovi, izgledali su mu mrski. On ih je predstavio devojci, on je predstavio devojku njima. A sad, ona se zabavljala s njima, oni se zabavljali s njom, kao da on nije postojao, kao da ga nikad nisu videli. U njemu se pojavljivala ljubomora, strašilo sa žutim očima, teška sramotna bolest koju bolesnik krije od sveta, dok mu ona razjeda srce, a njen gnoj prlja, truje. S vremena na vreme, on bi se svestio, čupao iz srca tu opasnu gljivu, a zajedno sa njom i sliku mlade Čačanke. Hteo se baciti blatom na sve što je prošlo, misliti samo na sebe, raditi za svoje ispite i ne osećati ništa. Ali nije mogao. Usred čitanja, kad je možda bio za čitav kontinent daleko od Beograda, za stotinu vekova od prisutnog trenutka, na um mu je, bez ikakve veze, dolazilo pitanje:

„Šta li sad radi Višnja?"

On bi se prenuo iz svojih studija, video bi se u svojoj sobi, sâm... užasno sâm, kao u grobu. Tada bi bacio knjigu, koju je dotle držao u rukama, u gomilu ostalih, dignuo se brzo i otrčao u varoš. Sreo bi tada ovog ili onog druga. Oni su bili veseli, bezbrižni, oni su se razgovarali o lakim stvarima, o intimnim vezama, i on im nije smeo prilaziti, on je bežao dalje od njih. Tada bi odlazio iz varoši, u okolne parkove, brda, šume. Ni tu se nije osećao srećan. Kakvo drvo, put, bara kakva opomenula bi ga svoje drugarice. Njeno zapaljeno lice s mirnim ugasitim očima pojavljivalo se, kao kakva sirenska utvara, na svakoj okuci od puta, na gomili suvog lišća, u oblacima... oblacima što polako jezde po zimskom nebu. Odlazio je tada u kafanu, gubio se u čitanje novina, u pušenje, u igranje domina s prvim koga sretne. Ali i tu, u tamnim kafanskim ćoškovima, u bledim novinarskim slovima, u kombinacijama domina, u gustom dimu od duvana, veličanstvena vizija mlade devojke vaskrsavala je, kao mitološke ptice iz pepela. Bòle ga hiljade igala duševnog nestrpljenja. Nije znao šta da radi od sebe. Svet mu se činio prazan, šupalj, besmislen bez Višnje, bez njenog milog prisustva. Činilo mu se kao da ga je ceo svet napustio, kao da mu nema najboljega što je imao. To osećanje prognanstva prelazilo je u neku vrstu fiks-ideje, mòre, mučnog ludila. Osećao se istrošen, utučen; po cele noći nije mogao zaspati. Reč Hristova vrzla mu se po pameti:

„Ženo, šta ima zajedničko između tebe i mene?"

On je vidljivo patio.

— Vama nije dobro, gospodin-Iliću? — reče mu jednog dana Bela. — Da vam šta ne fali kod nas?

— Kod vas? Ne, gospođice — odgovori on, malo iznenađeno. — Ja bih bio najveći nezahvalnik kad bih se i najmanje požalio.

— Zaista? — uskliknu devojka, ne krijući svoje zadovoljstvo.

Majka i ukućani bili su je razmazili, te je želela da i Čedomir bude nežan prema njoj. I sem tog, ona je bila bolešljiva, nervozna devojčica, kod koje se čežnje razvijaju rano, i utoliko jače, ukoliko je njeno telo trošnije. Da je mesto Čedomira, visokog, mršavog studenta bledih obraza i ponositih očiju, došao neki drugi mladić koji bi bio njegova puna suprotnost: mali, krutuljast, sa očima kao u miša, ona bi želela da se i njemu dopadne, jer je ona, svojom hromošću zavezana za kuću, sanjala često o zaljubljenim parovima koje bi, letimice, kadgod spazila s prozora kad prođu njihovom ulicom, dok opštinske lipe bacaju guste senke oko njih i zanose glavu svojim teškim mirisom. Stoga se ona otimala, kad je vreme bilo ručku, da sama trči i kuca na mladićeva vrata, pozivajući ga:

— Gospodin-Iliću, ručak je gotov.

Tako kucajući, a ne otvarajući vrata na mladićevoj sobi, nju bi prožmala neka slatka jeza, od čukljeva na ruci, pa kroz celo telo, da joj i kolena zadrhte, kao kad je čitala zabranjene knjige. Jedva je čekala da dođe podne, da pretrči preko dvorišta, predahne na pragu „male kuće" — kako su zvali to odeljenje — skupi svu hrabrost, zakuca na vrata i preda se toj golicavoj drhtavici, pa dok joj ona unosi zabunu u glavu, pretrči ponovo preko dvorišta, upadne u svoju sobu i zaroni zajapureno lice u hladovite jastuke svoje postelje.

Mladić je dizao glavu na ovaj glas. On mu je zvonio kao truba vojske koja ide u pomoć, kao poklič na osvetu, na bunu. Što mu se dopadalo u tim trenucima kod Bele, to beše nešto više od njene lepote, to beše njena simpatija, daleka, nova, druga ljubav koja se približava. Ipak, nešto u duši govorilo mu je da spreči misao da ne ide tim pravcem, te je udarao krst na strani na kojoj se zaustavio, sklopio knjigu, ostavio je u kraj svoga stola, uredio kravatnu, pogledao da li su mu nokti kako treba, pa odlazio na ručak, penjući se uz kratke, kamene stepenice, ograđene zarđalom ogradom.

Stari gospodin je bio već tu. On je bio čovek sitnih, živih očiju, velikog čela sa dubokim zaliscima, pljosnatih ušiju, neobrijane brade i kratkih, debelih brkova, gotovo surov, seljak u građanskom odelu; inače običan, mogao je ličiti na drumskog mehandžiju kao i na mitropolita, da nije oko njegovih suvih usta, oko tih sitnih očiju, pa sve do prirodno namrskanog čela, igrao jedan interesantan izraz odlučnosti koji je prelazio u tragiku. Stupio je u politiku početkom osamdesetih godina. U to doba, dovršavala su u Srbiji svoje stvaranje dva glavna politička faktora, narod i kruna. Narod je bio pod mučnim posledicama dva teška rata, čiji uspesi nisu odgovorili njegovim nadama; činovnici, grabljivi i pokvareni, vladali su zemljom kao gospodarska klasa, Srbija je izgledala njihov spahiluk, o narodnim potrebama nije se vodilo računa. Demokratske teorije o uređenju države koje su stizale sa Zapada nađoše u tom nezadovoljstvu uzoranu njivu, i narod se formira, gotovo kao jedan čovek, u jednu stranku, koja iznese zahteve za najšire građanske slobode. S druge strane, kruna se opijala sa nešto relativnog uspeha na Berlinskom kongresu, podavala se laskanju izvesne diplomatije, zanosila se idejama prosvećenog apsolutizma i na narod gledala kao na gomilu geaka. Jovan Matović, koji je bio sišao sa prostranih, slobodnih zlatiborskih suvata, i sa nasleđenim iskustvom da Srbija, za sve što ima, ima da zahvali samo svome seljaku, lako se odlučio da priđe prvoj struji. Brzo se našao u prvim redovima; on je bio sjajan polemičar, pisao je vrlo tečno, stil mu je bio popularan i živopisan. Kad se kakva ideja usadi u njegovu glavu, ona se tako ugnezdi da je ni sami đavo ne bi mogao otud iščupati. Ništa na svetu nije bilo kadro sprečiti ga u njegovoj borbi za narod. Njegov radikalizam nije bio više politika, već jedna vrsta religije. On je verovao u narodne snage, Vuk Karadžić je kazao poslednju reč u pitanju jezika, narodne pesme su jedini dobar uzor umetničkom pevanju, i, da je hteo menjati hrišćanstvo, on bi mesto krsta nabio na oltar gunj i opanak. Sad, posle dvadeset godina borbe, on je video kraljevstvo pretučeno narodnim bunama, porazom jednog kabinetskog rata, stalnim skandalima na dvoru. Međutim, ni Jovan nije ostao čitav. Izišao je iz zatvora ostareo, poremećenog zdravlja i oportunist. Mada je bio visok činovnik, nije se mogao otresti prostačkih sklonosti seljačkog sina. Jaka mu je smetala. U kući je bio bez kaputa, sa zavrnutim rukavima od košulje. Nije voleo mnoga menjanja tanjira. Ručak mu je bio najslađi, kad bi ugrabio od svoje žene da sedne za kujnski sto i jede što prvo dohvati.

Ali mu je to zadovoljstvo retko dopuštala gospa-Kleopatra, koja je volela formalnosti, dobar ton, ustručavanje i noblesu.

— Dobar dan! — progunđao bi Matović kroz nos, s prirodnom i instinktivnom grubošću u glasu, kad je Ilić ulazio u trpezariju, dok se gospođa smešila blagonaklono, klimala ugojenom glavom i pružala ruku, punu jeftinog prstenja, u visinu mladićevih usta.

I porodica je sedala za sto: uvrh stari gospodin, s nešto raskoračenim nogama kao da još nosi gvožđe, desno njegova gospođa, levo Čedomir, sa nogama učtivo podvučenim pod stolicu. Do njega je sedeo Mladen, koji se nikako nije hteo skrasiti na svome mestu; do dečka je bila jedna bliznakinja, a preko: Bela sa drugom sestricom. Ona je trebala da drži pod prismotrom obe devojčice, te da tako olakša posao „jadne majke" — kako je gospođa sama sebe nazivala — ali je devojka više posmatrala domaćeg učitelja nego svoje brbljive sestrice.

Stari Matović nije primećavao ništa. On je pri ručku imao dobar apetit, izvlačio iz džepa veliku maramu za jedan kraj, kao zastavu, brisao nos na sav glas i hvalio odličnu kujnu svoje žene. Kad bi mu, i pored toga, ostalo slobodnog vremena, on je iznosio svoja razmišljanja o prilikama, događajima i ljudima, pa se ponekad prebacivao i otkrivao i ono što je u partiji ili državnoj službi saznao u poverenju. Tako reče jednog dana:

— Kralj mi je dva puta izjavio kako se ozbiljno rešio da dâ zemlji nov, liberalan ustav. Jako je ljut na reakcionare što su ga izneverili prilikom njegove ženidbe.

Ispi čašu, pa produži:

— Dugo smo pričali. Bilo je govora i o tome ko će ući u kabinet...

— Je li, tata — prekide ga Mladen — hoćeš li i ti postati ministar?

— Zini da ti kažem! — trže se stari gospodin, pa pređe na svoje delo o zemljoradničkom osiguranju.

Njegovoj ženi je godilo jako da postane ministarka, tj. da joj muž postane ministar... Ministar zemljoradnje kad se već tim pitanjem bavi, ali joj se učini da pored sve koristi što će videti otud, nije otmeno govoriti za ručkom o seljacima, te jedva dočeka kad se Bela umeša, i reče:

— Znate, otac, da se Mile tetka-Katin verio u Minhenu... isprosio Švabicu. Tetka-Kata hoće da se izede od muke.

— Što je uzeo Švabicu?

— Zamisli derana! — prihvati gospođa. — Nije još školu svršio, a već prosi devojku...

— Ja ne nalazim u tome ničega čudnovatog — reče budući ministar. — Ako se vole, zašto da se ne uzmu?

— Ama, kako da se uzmu, čoveče? — odvrati mu žena. — Došla Kata danas, pa kao da se u crno zavila, plače, suza joj suzu ne stiže. Veli, ni košulje mu ne donosi.

— Pa, kupiće je, stara mu majka! Čovek se ne ženi zbog košulje. Mladi su; ceo je život pred njima... Da, ja sam čovek iz starog vremena, iako sam se bunio protiv njega: brak mi izgleda večito nešto sevdalijski... uz pratnju Cigana i čauša.

— To su stara, dobra vremena — uzdahnu gospođa u pola volje.

— Onda je život bio lak, jeftin. Danas sve ima svoju cenu; simpatije su redak luksuz, a brak... brak je kod pametnih ljudi vešt sporazum, smišljen ortakluk, gde svaka strana unosi određene koristi: položaj, miraz, familiju ili diplomu.

Rekavši ovo, ona pogleda značajno u Ilića, kao da je htela saznati kakav su utisak učinile na njega te reči.

— A ljubav, mama? — primeti Bela, i nestašno uspi usnicama.

— Ćuti, bezobraznice, znaš mi ti šta je ljubav!... Da, ja nisam protivna ljubavi, ona upravo dolazi sama po sebi kad se stvari dovedu u red, kad oboje nađu koristi u svojoj vezi; ponavljam, brak je na prvom mestu akt ozbiljan, hladan, sračunat da se primi onoliko koliko se daje... Šta vi mislite, gospodin-Iliću?

Čedomir zausti da kaže onako kako je osećao:

„Ja sam odsudan protivnik braka uopšte. On je neprirodan i nemoralan. Neprirodan, jer se u organskom svetu ne zna za takvu vezu; nemoralan, jer se obavezujemo za nešto što nije u našoj vlasti. Brak stvara od ljudi silom hipokrite, ustanovljava jednu vrstu ropstva. Idealna veza između čoveka i žene postoji, za mene, jedino u slobodnoj ljubavi."

Ali se njegova reč zaustavi na usnama. Iznenadilo ga je što ga gospođa pita za mišljenje... ona, koja mu je, pored svog uvaženja prema njegovom uspehu u školi, stavila već toliko puta do znanja da on ima od nje da se uči. Pored toga, bojao se da ne načini kakav ispad, imajući već izvesna iskustva o beogradskom životu, o Beogradu, gde večito ima nečeg nepoznatog, gde većina ljudi kriju svoja uverenja i svoje osobine.

— Šta da vam kažem, gospođo!... — reče posle nekoliko trenutaka oklevanja. — Ja na to pitanje nisam mislio.

Matovićka ga pogleda iznenađeno.

„Ovaj se vešto izvlači", reče u sebi.

— Upravo — dodade Ilić — za mene brak ne postoji kao pitanje.

Bela rđavo razumede mladića. Pomisli da on hoće da kaže kako ne dvoji brak od ljubavi, ili tako nešto, te pljesnu rukama:

— Bravo, gospodin-Iliću! Glavno je kad se dvoje vole... A svet, familija, novac? Trice i kučine!...

— Bela! — prekori je lako gospa-Matovićka.

— Jest, jest, trice i kučine! — ponovi devojka jogunasto i iskreno.

— Našto onda ljubav kad se računa koliko i lanjski sneg!

Majka se ne usudi da obnovi prekor, već pogleda plašljivo u svoga muža. Ali ni Jovan ne reče ništa. Oni su oboje osećali Belinu sakatost kao svoju krivicu — jer je još kao dete, zbog nedovoljnog nadzora, pala sa stepenica i slomila nogu. Stoga su joj večito ugađali. Pored sveg teškog života u stalnoj opoziciji i borbi sa vlastima, stari profesor i njegova žena našli su uvek mogućnosti da zadovolje Belinu želju: kupe joj pajaca sa zvonkim praporcima, skupocen šešir ili haljinu u modi. Bela nije nikad osetila muku od materijalnog života. Novac je za nju bio kao neko sredstvo za pravljenje poklona, izlišnih stvari, za šaranje života kao uskršnjih jaja, nešto čega se čovek može odreći u svako doba.

Ilić je pak mrzeo novac, mrzeo ga onom mržnjom, pomešanom sa nešto zavisti, koju osećaju slabi prema jakima. On je u novcu video silu koja učvršćava život, prijatelja koji održava čoveka, moćnog protektora koji dariva prava i koristi. On ga nije imao, on mu se činio kao njegov lični neprijatelj koga treba savladati, i on ga je prezirao kao tiranina čiju je surovu vladu rano osetio. On je želeo da ima novaca da bi osigurao slobodu kretanja, da bi radio samo ono što voli, da bude svoj i pripada samom sebi.

— Novac je čudna stvar, moje dete — reče Matović, obraćajući se Beli, neprirodno umekšanim glasom. — On nije naodmet. Ja sam to video na robiji. Vidiš, bili smo svi podjednako lišeni slobode, osuđeni na zatvor po apsanama; zakon je bio jednak za sve. Međutim, bilo je nas koji smo imali novaca i nas koji ga nismo imali. Znate li da je to bila grdna razlika između robijaša i robijaša, da su se pravila gotovo dva zasebna staleža, gde je osuđenik s novcem zapovedao za paklić duvana osuđeniku bez novca. Na kraju krajeva, novac nije ni toliko rđav koliko se priča, ni toliko dobar koliko se misli. Ali ima jedna sigurna stvar. Čovek se troši između dva akta koji se nazivaju: hteti i moći. Zašto, dakle, biti protiv onoga koji nam olakšava borbu između tih nejednakosti? Novac treba razumeti, pa ga onda bez bojazni možeš voleti.

— Bog s tobom, kako govoriš, tata — prebaci mu ćerka.

— Ja govorim ono što osećam. Ja sam uvek govorio istinu. I ja vam kažem — udari glasom Matović, kao da drži predavanje — istinu ne treba kriti; treba je poslušati, reći je uvek, i uvek raditi tako da je čovek može reći.

XI

Posle ručka prelazilo se u salon, da bi služavka očistila trpezariju. Stari gospodin bi se izvalio porebarke na fotelju, pušio i očekivao kafu. Ponekad bi čitao novine, a kad njih nije bilo, uzeo bi *Gorski vijenac*, otvorio ga nasumce, pa čitao naglas stihove, predajući se čaru filozofske poezije Njegoševe. Kad bi pak bio rđave volje, žalio se na reumatizam u desnom kolenu, koji je dobio na robiji, i grdio svoga sina.

— Šta je s tobom? — govorio mu je tada polagano, suvo, ne gledajući u njega, već u jedan kut od salona, i kao vraćajući se s nekog dalekog puta, po kojem je njegova misao dugo lutala. — Opet dvojke? Ta sad ti bar reakcionari nisu krivi?

— Zbunio sam se — odgovarao je dečko odsečno. — „Nemac" je velika prznica; za najmanju stvar otera me na mesto! A, bogami, dobro učim i reči i prevod.

Matović bi pogledao u svog sina.

Jedna nova bora ocrtala bi mu se među povijama.

— Da si tako brz na radu kao na laži, daleko bi oterao! — reče mu drugi put. — Samo na koga se metnu, da mi je da znam?

— Ne na mene, u svakom slučaju — upade gospa-Kleopatra.

Stari gospodin kao da ne ču šta mu žena reče.

— Sve imaš što ti treba, pa opet ništa od tebe — dodade žalosno. — A kad sam ja učio školu, moj brajko!...

Zastade, odmahnu rukom i ne završi rečenicu.

— Ko bi igrao krajcarica kad bi Mladen učio! — nasmeja se Bela, koja u tom trenutku donese kafu.

— Ćuti ti, materina mazo — prebaci brat sestri, i jedan sjaj muške nadmoćnosti zasja u dečkovim očima. — Kaži samo koliko pojedeš šećerleme preko dana?

Oboje su imali pravo: ni brat ni sestra nisu bili na svom mestu. Roditelji nisu vodili o njima prava računa. Otac se bio bacio sav na politiku, nije imao vremena, pa možda ni prave volje, da misli na svoju porodicu. Kad bi mu ko od prijatelja skrenuo pažnju na nestašnost njegovog sina, on se branio nekim ruskim principima vaspitanja dece u slobodi.

— Nek se razvijaju po instinktu — govorio je samouvereno. — Uticaj starijih može da izopači prave dečje naklonosti. Ako hoće da uči školu, neka uči, a ako neće, znači da nije za nju, pa će gledati druga posla. Šta je meni škodila sloboda, kad sam rastao sâm, nenagledan ni od koga, kao divlja travuljina.

Samo je Matović zaboravljao da je on, u svom detinjstvu, imao jednu opaku, ali vrlo sigurnu učiteljicu, nevolju. On je imao da se bori iz dana u dan za komad nasušnog hleba, te ga je ta borba izoštravala, dok njegova deca dobijaju to parče hleba bez borbe, te svoju slobodu upotrebljavaju na svoja zadovoljstva, a zadovoljstva ne čeliče duh.

Sin je rastao slobodno, tumarao sa svim kvartovskim mangupima, nosio šešir nakrivo, govorio šatrovačkim jezikom, zadirkivao služavke. Ćerka, koja je već bila na udaju, nije imala naklonosti ni prema kakvom ozbiljnom poslu. Kad joj se nije činilo što je htela, svađala se da se kuća orila od njene vike. Vreme joj je prolazilo u besposlicama, negovala je nešto cveća, vezla pokoju maramu, čitala, pokatkad, senzacione romane, i jela slatkiše, počev od najfinijeg švajcarskog fondana, pa do najprostijeg turskog sudžuka.

MILUTIN USKOKOVIĆ

Otkako Matović posta kandidat za ministra, sedeljke posle ručka bivale su kraće. Stari gospodin je morao primati ovog ili onog političara, odlaziti na konferencije, piskarati po novinama, ići kralju na podvorenje. Čim bi on izmakao iz kuće, gospa-Matovićka je odlazila takođe, i to brzo, kao da je vile gone, a vraćala se tek uveče, puna novosti. Mladen je odlazio takođe, u školu, rano, da se što pre otrese kuće, za koju ga ništa nije vezivalo, i nađe se sa svojim vršnjacima, decom takođe iz boljih kuća, a pokvarenom kao i on, možda gore nego i on. Dve bliznakinje uzimale bi se za ruku i izlazile na ulicu, pa švrljale oko gomile peska, kafanskih stolova, po susednim avlijama, kao da su i one htele pobeći od kuće. U salonu su ostajali samo Bela i Čedomir. Pa i Čedomir se dizao da ide, da mu se ne bi primetilo što ostaje nasamo sa devojkom. Ali bi ga ona zadržavala ponekad zanimljivim razgovorom, pa i molbom. Mladić je ostajao. Ti usamljeni razgovori sa devojkom koja nije bila ružna prijali su mu, padali mu kao neki blag i lagan lek na srce što se krvavilo.

— Da je i meni da izađem nekud — reče mu Bela jednog dana kad tako ostaše sami. — Tako bih rado pobegla od kuće.

Njen glas je drhtao i bio iskren. Ilić oseti izvesno sažaljenje prema toj razmaženoj devojčici. Ona mu se učini još bliža što se toga dana osećao izuzetno uvređen od strane Višnje. Bio ju je video na ulici, pa kad je hteo prići, ona je zaustavila neku svoju poznanicu na prolazu i produžila put s njom. Bilo mu je jasno da ga Lazarevićeva izbegava namerno, pa i da mu prkosi. Njegova je duša patila, njegov ponos je stradao, njegovo srce želelo osvete.

— Jeste li vi srećni, gospodin-Iliću? — pređe Bela iznenadno na njega, skupljajući prazne šolje.

Pri tim pokretima pokazivala se kroz široke rukave njena ruka gola do lakata, njeno mlečno lice belilo se. Bio je beo i njen vrat, slobodan, maljav, okrugao kao u grlice.

— Srećan? Ta reč zvoni čudno u naše doba — odgovori mladić, i otvoreno pogleda u Beline oči. — Ali našto to pitanje! Meni je tako lepo ovde, u vašoj kući, s vama... kad možemo da razgovaramo kao prijatelji.

Bela je bila uzela sudove i pošla vratima da ih odnese, pa se predomisli, zovnu služavku i predade joj što je imala u rukama.

— Zbilja, ja sam vaša prijateljica? — upita zatim, pritvarajući vrata.

— Da, Bela — odgovori on, slobodno, osećajući da mu se srce puni nekim osećajem, koji nije mogao tačno odrediti. — Vi ste tako ljubazni prema meni. Zar mislite da ja ne umem ceniti tolike prijateljske usluge, poklone koje ste mi učinili?

Doista, ona mu je često tražila maramu da je namiriše, nudila mu bombone, kitila ga cvećem iz saksija, slala po Mladenu kakvu gravuru ili drugi ukras za njegovu sobu.

— I sem toga, meni je prijatno vaše društvo. Kad razgovaram ovako s vama, čini mi se da prisustvujem nekom koncertu, gde hiljade prijatnih i harmoničnih glasova zvone oko nas.

Bela je stajala pred njim. Njene oči zavijao je veo vidljivog uzbuđenja. Njeni beli zubi grizli su nervozno jedan kraj njenih usana.

— Produžite... — reče ona, pa veselo sede na kanabe pored njega.

Kroz čipkane zavese na prozorima videlo se jedno parče ulice, ostatak pokojnog zelenila po okolnim baštama i sjaj zimnjeg sunca koje nije moglo prodreti u sobu, nego je skakalo oko prozora, po kaldrmi i granama jedne ogolele lipe. Iza drveta zatezao se krajičak neba, po čijem je plavetnilu plovilo nekoliko oblačića kao pramenje od pamuka.

Iliću zalupa srce kad vide devojku tako blizu sebe. On ne nastavi govor. Njegove oči su se naizmenično kretale sa devojke na igru sunca na ulici, a sa sunca opet na devojku, na njen go vrat, na belu ruku, spuštenu lako na ivicu od kanabeta. Spusti svoju uzdrhtalu šaku na tu ruku, na ono meko, blago i mirno parče pred laktom. Posle je uze u obe šake i milovaše je, i preko lakta, oborenih očiju, bez ijedne misli u glavi.

Bela se nije branila. Zenice su joj se jako širile. Ona je šaputala nešto.

Čedomir joj se približi. Udisao je miris te devojke i drhtao pred sjajem njenih zenica. Njena glava klonu. On se naže i potraži njena usta. Usta i usta se spojiše. Telo i telo pribi se. Ruke se ukrstiše. Oni ostaše tako za jedan trenutak, čvrsto zagrljeni, kao da su hteli zadržati sreću koju su našli.

Iz trpezarije je dopiralo zveckanje tanjira i noževa. Posle se čuše udari metle po podu.

Bela se prva odvoji i, jednim pokretom, diže se sa kanabeta. Taj pokret je bio tako snažan, da ona posrnu svojom hromom nogom i jedva se zaustavi na polovini salona.

I Čedomir ustade.

Njihovi se pogledi susretoše. Ko će reći šta je bilo u odsevima ta dva para raširenih očiju? Ljubavi, mržnje, čežnje, gađenja, duboke simpatije ili smrtnog neprijateljstva? Svega može biti.

Ostali su za trenutak jedno naspram drugog, nemi, bez reči.

Srce mladićevo se stišavalo postepeno, svest mu se vraćala u glavu, i on se pitao:

„Šta sam uradio!"

Tada, jedan uzdah izdiže cele Beline grudi. Ona baci uvis obe ruke. Široki rukavi od bluze spadoše do ramena. Gole mišice blesnuše kroz sobu. I ovo dete, sakato, razmaženo, pretvori se u ženu, veliku, odraslu, snažnu, razvijenu i potpunu.

Ilić pognu glavu i spremi se na pljusak grdnji.

U tom trenutku, devojka polete u pravcu njega, prebaci mu ruke preko ramena i obesi se sva o njegov vrat. On oseti ponovo njene usne na svojim ustima i njene grudi utisnute u njegove. On je steže snažno, grčevito, ne misleći ništa. Pod njegovom rukom uviše se vitke slabine devojkine. On pusti.

Kad htede da zagrli ponovo taj divni stvor što mu se podaje, tog neslućenog anđela koji ga miluje svojim krilima, devojka se bila već izvila iz njegovog naručja i pobegla k vratima od trpezarije.

— Šta li radi služavka? — reče ona kao za sebe, pa poviri u prednju odaju.

Kad se okrenu natrag u salon, njeno lice je gorelo svo, obuzeto nekom unutarnjom vatrom. Oči su gledale ukočeno. Zubi se beleli ispod zgrčenih usana. Grudi se tresle.

Čedomir pritrča devojci. Njena slika mu je bunila glavu. Hteo je da opet pod rukom oseti njeno telo, da se utopi u razbludni osmejak njenih usana, da se zaboravi i preda njenom zagrljaju mekom, po potiljku, samo onim što je golo od ruke, da oseti nju celu, obešenu o njega. Devojka pritisnu rukom onde gde joj je srce, ne reče ništa, povuče se natraške, gledajući ga netremice, i izgubi se iza vrata lagano, nečujno, neprimetno, kao priviđenje koje se rasulo.

Čedomir se vrati u dubinu salona, surva se na kanabe, pritište jako obe slepoočnice, koje su bile kao da hoće da prsnu, a prstima zateže kosu tako da oseti kako mu se koža odvaja od lubanje. Jedan glas iz najtamnije dubine njegove duše progovori uznemireno:

„Šta je? Šta je tebi? Kud si nagao? Ti gubiš glavu."

Utom, na časovniku u trpezariji izbi dva sata. Metalni zvuk je odjekivao potmulo po praznoj odaji kao nešto živo i preteće.

On pobeže iz kuće.

XII

Prođoše nekoliko dana.

Ilić se kajao iskreno zbog događaja koji se desio. Izbegavao je svoju saučesnicu. Prezao je svakog trenutka da ga ne dočeka ljutito lice njenog oca ili majke i da mu, uz zasluženi prekor, pokažu vrata. Dolazila mu je na um misao da nađe starog gospodina, pa da mu kaže sve. Za to nije imao dovoljno odvažnosti. Onda je mislio da napiše jedno pismo gospođi, odrekne im kondiciju iz ovog ili onog razloga, i više se ne vrati. To je bilo već lakše. Ipak se nije mogao odlučiti odmah i rešenje je ostavljao od danas do sutra.

„Sutra... sutra, a ne danas", odgovarao je glasu svoje savesti.

Belino ponašanje ga je takođe mučilo. Jednom bi s njim, za stolom, govorila najprijatnije o raznim sitnicama, kao sa pravim prijateljem, kao da se ništa nije desilo. Drugi put bi se durila bez razloga, očito ga izbegavala, pravila dvosmislene fraze, stavljajući mu do znanja da će ga odati. Kad bi se njihovi pogledi susreli, njene somotaste oči sinule bi najdubljom ljubavnom vatrom, da se odmah posle zamrače drugim, ledenim pogledom, koji mu je jasno govorio:

„Nitkove!"

Ilić se lomio između tih suprotnosti, ne pomišljajući na mogućnost da se razmažena devojka igra žmurke s njim. Najzad se reši da se s njom objasni, pre nego što preduzme kakav dalji korak. Ona ga je izbegavala svejednako, namerno i prkosno. Ostajala je u salonu tek kad ima još nekoga. U varoš, i kad bi izlazila, išla je u pratnji gospa-Kleopatre. Inače je Bela krila vešto svoje manevre od drugih. Nosila je redovno posluženje kad je mladić držao lekciju njenom bratu, pozivala ga na ručak još jednako po svom običaju kucajući na vrata od sobe, a ne otvarajući ih.

To je trajalo neko vreme. Valjda se devojci dosadi ta igra, te, kad jednom zakuca na vrata i kad reče uobičajenu rečenicu: „Gospodin-Iliću, izvol'te na ručak", odškrinu polako vrata, promoli glavu kroz otvor i nestašno dodade:

— Kako je lepo u vašoj sobi!

Bez razmišljanja, Čedomir ponudi devojku da stupi unutra.

— Neću — zanećka se ona detinjasto, pa, posle nešto oklevanja, prošapta poverljivo:

— Ne smem od mame.

On joj priđe.

— Ja sam ljuta na vas — dočeka ga Bela, držeći neprestano samo glavu promoljenu kroz vrata.

Ta je glava bila okružena mirisavom maglom crne kose. Iz nje su svetlele, kao dve zvezde, dve hitre zenice, koje nisu bile tačno zaokrugljene, već kao dve kaplje mastila pale u svetlo belilo između trepavica. Ta glava je zavodila, brkala misli, odvlačila u propast.

— Ljuta? Zašto? — upita je mladić, tek da se nešto kaže.

— Zato što ste me poljubili — odgovori njen glas, a njena nasmejana usta, zajapureni obrazi, njen đavolasti pogled ponavljali su nemo, a jasno: „Poljubi me opet... poljubi, poljubi..."

I Čedomir pritište jedan poljubac na nasmejane usne, koje se prilepiše za njegove, i ostaše tako za jedan trenutak, slatke, tople, uzdrhtale. Poljupci su se ponavljali posle svakog dana... poljupci kratki, dugi, isprekidani i produžavani, gde duša samo dodirne dušu, pa je ostavi da sanja započeti san, i poljupci gde telo diše dahom drugog tela, gde se krše ruke sastavljene oko pasa, oči blede, a misao umire u glavi. Njemu su ti zagrljaji padali slatko na srce. Oni su mu laskali, uveravajući ga o sreći, o ljubavi i zaboravu. Oni su ga tešili, prevlačeći postepeno veo preko mlade Čačanke. Da li se ipak osećao srećan? Pre svega, jasno mu je bilo da ne voli Belu... ne bar onom ljubavlju, čežnjivom i stidljivom, koju je dotle osećao prema Višnji. Zatim, činilo mu se ponekad da ni Bela nema prema njemu izuzetno dubokih osećaja. Nešto više, ona mu je izgledala nesposobna za pravu nežnost, za požrtvovanje, za pravu sreću i pravi bol.

— Što ne briješ brkove? — rekla mu je jednom prilikom. — Jutros prođe pored prozora jedan mladić: tako su mu lepo stajale obrijane nausnice!...

Ilić se nasmejao, a kad se posle rastao sa njom, pomislio je ozbiljno:

„Uveren sam da bi ga ona poljubila samo da vidi kako je to kad su brkovi obrijani!"

Doista, ona nije razmišljala mnogo. Svojim prohtevima nije postavljala granice. Tražila je navalice sreću. Opasnosti su joj godile.

Jednog dana, kad joj je majka otišla od kuće, Bela ga pozva u svoju sobu.

— Propali smo ako nas primete — prigovori joj on.

— Niko nas neće videti — odgovori ona sa sigurnošću.

To je bila sobica u dnu hodnika, okrenuta u baštu. Zidovi su bili tapetovani orandžastom hartijom, po kojoj je naslikano neko fantastično bilje, čije je lišće podsećalo na vinovu lozu, a cvetovi na cvet od krompira. Odaja je bila tako mala da ju je ispunjavala uska postelja, na čijim se plehanim šipovima sijale zlatno obojene lopte. Našlo se mesta za jednu postariju naslonjaču i jedan stočić, prepun četaka, četkica, flakona, kutijica, ukosnica, ostalih drangulija raznog oblika i boje. Sobu je ispunjavao jak miris na jorgovan.

— Kako ti se dopada moj budoar? — upita ga devojka, nasmehnuvši se.

— Vrlo prijatan! — odgovori on, još iznenađen.

Posadiše se oboje na naslonjaču.

Napolju je vejao sneg. U peći je puckarala vatra. Čovek se tu osećao dobro kao u toplom gnezdu. Duboka tišina je povećavala čarobnost trenutka.

— Dođi mi jedne noći — reče mu ona između dva poljupca.

— Ne govori gluposti...

— Čitala sam negde da je ljubav slađa kad je mrak. Gledaćemo zvezde...

XIII

Za to vreme, Višnja je uredno pohađala predavanja, čitala ruske knjige i podražavala idejnim drugovima. Sedala je u prve klupe da bi profesora čula što bolje. Upisala je i časove koji po uredbi nisu bili obavezni. Hvatala je pribeleške. Nije razumevala mnoge stvari. Divila se nastavnicima što počinju predmet iz sredine... što se pozivaju na engleska i talijanska dela.

Osećala se slobodna, zrela, cela. Kako joj je sad izgledao jadan život u gimnaziji... život sa svima dužnostima a bez ijednog prava, intelektualni podrum, duševna kasapnica! Kako joj se bedno činilo njeno rodno mesto, nekoliko sokaka po kojima rabadžije šibaju volove, a čovek ne zna koga pre da požali: te ljude ili tu stoku! Jadno mesto gde se celi životi istroše, a duša ne ode dalje od brige za nasušni hleb i državni porez.

Nju pak oduševljavale su velike ideje. Činilo joj se da je ponovo rođena. Slobodno je mogla doći kući, slobodno otići od kuće. Slobodno izabrati svoje društvo, slobodno kazati svoju misao. Što god je bilo oko nje, uveravalo ju je u novi život: varoška galama, načitani drugovi, oduševljene drugarice, đački skupovi, duga bdenja, pa i same noćne svetiljke, koje su rasipale svoju nesigurnu svetlost po nepoznatim prestoničkim kućama, po zaposlenim ljudskim prilikama, po njoj samoj.

Zima joj je prolazila vrlo prijatno. Imala je dosta društva. Nije osećala Čedomirovo odsustvo. Naročito je išla kod jedne drugarice, kod koje se skupljalo društvo po modi ruskih univerziteta, gde se neguje ona dvostruka kamaraderija u politici i čestitim zabavama. Tu su dolazili studentkinjin brat, artiljerijski podnarednik, još dve-tri velikoškolke, nekoliko velikoškolaca, jedan Jevrejin, trgovački pomoćnik, pa i pokoji radnik. Svaki od njih bio je ogorčen pesimist, siromah, naravno, s otomboljenim licem, pa ipak pun nade, duboko ubeđen u sopstvenu vrednost, u dela koja će počiniti. Počinjali su ozbiljne razgovore, posle pili čaj, skakali s predmeta na predmet, mezetili pečeno kestenje, bili pri dobrom apetitu, zvali jedno drugog imenom i prezimenom, pevali revolucionarne pesme i išli na treću galeriju da gledaju *Tkače*. Posle bi u grupama pratili jedno drugo do kuće. I ona je legala sva srećna, pevušeći svoju omiljenu pesmu: „Sunce hodi i zahodi, a u mojoj je izbi tamno!..."

Ponekad bi pomislila da se nađe sa Čedomirom, da ga ponovo pridobije za crvenu zastavu, da podeli s njim ovu sreću. Ali... njegove oči su je izbegavale. Kad bi je i susrele, one su bile daleke, prevučene nekom senkom.

„Šta ću mu ja!", slegala je devojka ramenima.

— Višnja Lazarevna! — čuo bi se utom glas nekog iz njenog društva, i ona je već zaboravljala na svog prvog učitelja.

To je tako trajalo do jednog proletnjeg popodneva.

Prelazila je preko Batal-džamije.

To beše jedan veliki prazan prostor, zarastao u travu. Nekoliko staza, koje su sami pešaci utrli, belile su se u ozeleneloj travi. Opština je bila posadila nešto drveća, ali kao što je to običaj, dečurlija i puštena stoka polomili su mladice. Ono što je ostalo životarilo je, sâmo, iskrivljeno, mršavo i napušteno, na neplodnom tlu. Mesto su ograničavale ograda od kraljevog dvora, jedna škola, koja je ranije bila mehana, i staro groblje, puno dudova. Tek sa južne strane nalazio se niz kuća, malih, raznobojnih, bez sprata, da su se gotovo gubile u ovoj poljani usred prestonice.

U tom velikom prostoru video se samo jedan čovek, prodavac ušećerenog voća, po kojem je padala prašina. On je išao polako, krajem puta, oborene glave u stranu, i vikao kao po dužnosti:

— Evo lepa voća!... Taze jabuke, kruške, slatke pomorandže... Ajde, jeftine i slatke!...

Posle se pojavi konjski tramvaj. Udar kopita odjekivao je u taktu po mirnom kraju. Nesigurna martovska svetlost igrala se po konjskim sapima, po zarđalom blehu od platforme i po crvenom licu kondukterovu, koji je stajao ukočeno i ozbiljno, s bičem u ruci. Sporedna kapija na Dvoru zvrjala je širom otvorena. Unutra se svetlila čista kaldrma, videle se konjušnice, stanovi za poslugu i jedno izvrnuto bure.

Kad prođe pored te kapije i skrenu ka Terazijama, devojka ugleda jedna kola s gumiranim točkovima, što je tada u Beogradu bila još retkost i što joj svrati pažnju. Ona pozna da je to državni fijaker po kočijašu, koji je nosio uniformu sastavljenu od pismonoše i konjičkog oficira. Kola je sretoše ubrzo. Pogleda nehotice u kočijaša, pa onda u kola, očekujući da u njima vidi koga od novih, slobodoumnih ministara.

„Od njih zemlja očekuje", pomisli ogorčeno, „izvođenje celog jednog sistema demokratskih reformi, a oni nisu u stanju da se odreknu ni državnog fijakera!"

Ali mladoj buntovnici beše spremljeno još veće iznenađenje.

U kolima je sedeo Ilić s jednom devojkom, kojoj primeti samo glavu, i od glave beo, nežan profil, s očima duboko zanesenim u mladića.

On spazi takođe svoju drugaricu, pokuša da okrene glavu na drugu stranu, ali se njegove oči ne mogahu odvojiti od Višnje.

Ona se beše zaustavila, nema, zbunjena, ukočena, bleda u licu i mrtvih, opruženih ruku. U glavi joj je bilo prazno. Na oči joj se hvatala magla. Vide kako se šešir skinu. Još jedan kratak poklon. I kola odmakoše pravim Bulevarom kralja Aleksandra.

Višnja osta tako za jedan trenutak.

— Buržoa! — reče prezrivo.

Na nju navali gomila misli, najpre nejasnih, lakih, bezbrižnih, pa sve svetlijih, težih, strašnijih. Devojka je znala da Ilić daje lekcije sinu novog ministra, Matovića. Slušala je od drugova da govore sa zavišću da je to najbolja kondicija u Beogradu: stan, hrana, prijateljstvo velikog čoveka i nešto u gotovu! Ona nije znala samo da ministar ima ćerku... tu bledu devojku, s kojom se Čedomir vozio. On je bio lep čovek, on se morao dopadati toj gospođici. I kao kod svih priroda koje misle pravo, koje ne računaju sa sitnicama, ona ih već vide zaljubljene, verene, i pred oltarom. Ah, taj oltar!... Pored svega socijalizma, on je postojao, on je bio primamljiv, veliki, sa svojim zlatnim vratima, mramornim stubovima, mirisom od tamjana i voštanih sveća. On je postojao ovde, u Beogradu, kao tamo u Čačku... kad je bila malo dete i kad se molila svesrdno Bogu za svoje lutke i bolesnu mačku.

Ona pokuša da oturi te misli zajedno sa spomenom na svog bivšeg druga. Beše se uputila univerzitetu, ali se predomisli i okrenu da nađe svoje društvo. Zašto? Ni ona sama ne bi tačno znala reći. Tek, zajedno s Ilićem, mrzela je sad i ostale studente, te mlade ljude što prave manifestacije, demonstracije, rezolucije na tuđ račun, a čim dođu u pitanje oni, njihova ličnost, njihov džep, oni znaju već veštinu oportuniteta i hladne krpe za ugrejana čela.

To je bila soba sirotinjski nameštena: jedan gvozden krevet, provaljen minderluk, prozorske zavese na alke, nešto cveća u saksijama i puno dima od jeftinog duvana.

— Većinom glasova rešeno je da parlamentarizam treba pomoći — govorio je Petar Zečević, omalen, suvonjav čovek, ispupčene jabučice, promuklog glasa i svetlih očiju. — Jer evolucijom treba pripremiti revoluciju...

— Ja i dalje ostajem protivnik tog kabinetskog socijalizma — prekide ga podnarednik, u čizmama, sa šapkom zabačenom na teme i sabljom preko kolena. — Parlamentarizam, evolucija, prostitucija, jedan đavo! Spas radnog naroda je u revoluciji... i samo u revoluciji... I opet vam kažem: u revoluciji, pa ma kako vi rešili.

Podnarednik tresnu čizmom.

— Uzmite čaja, Ivane Josifoviću — umirivala ga je studentkinja sa biologije.

Višnja je slušala te razgovore i osećala se sve neugodnije. Njene misle kupile su se oko Čedomira. Ona se pitala:

„Gde je on sad? Šta li radi?"

„On je za mene mrtav!", odgovori energično sama sebi.

Ali ta reč beše odviše teška za njeno srce. Ona se oseti sama usred tih zanetih devojaka zanemarene toalete, usred tih ljudi što misle da od njih zavisi krug zemaljske planete. Ona se seti mnogo lepih stvari koje je imala s Ilićem. Ona bi bez njega ostala mala palančanka kakva je bila. On ju je pronašao, uveo u društvo, pokazao joj nove puteve, otvorio nove vidike. Njene smešne greške o osnovne stvari praštao je velikodušno.

„Pa što me je ostavio?", bunila se ona.

„Ko je koga ostavio?", odgovaralo je nešto u njoj, nešto skriveno, toplo, neznano, a široko i prostrano kao svet.

Devojka poče da razmišlja hladnije.

„Ja sam bila nepravična prema njemu. Bila sam ohola, gorda, pa čak i pomalo drska. Ja sam ga odbijala... Kakvo čudo ako je potražio drugu ženu!"

Tek je sad videla koliko voli Čedomira. Osećala je da je njeno celo biće vezano za njega. Njeno srce grčilo se u mukama. U njenoj duši dubila se bolna praznina. Gubeći njega, činilo joj se da se gubi sve oko nje. I ona sama se gubi, nestaje je, tone.

„Šta me sad čeka?... Šta će biti od mene?"

Bez Ilića, ceo njen plan za visokim studijama izgledao joj je izlišan. Radi njega su bili ti napori, radi njega je htela biti oslobođena žena. Našto onda emancipacija, našto socijalizam, našto sve te lepe misli ako Čedomir ne bude njen!

Proleće se rascvetavalo oko devojke, ali su njoj ti svetli, raznežen dani, izgledali teški, sumorni. Mnoga žena predala bi se sudbini na njenom mestu, ostavila da vreme reši nerešljive stvari, donese melem na otvorene rane. Međutim, Višnja, zdrava kao planinska biljka, osvesti se brzo posle prvih dana ove muke.

„Ja preterujem. Ja još ne znam ništa pozitivno. Treba videti u čemu je stvar, treba se uveriti", govorila je sebi.

Ali kako?

I na ovo pitanje ona odgovori pravo, ne zaobilazeći, ne tražeći pomoćna sredstva:

„Treba da se nađemo, pa da se objasnimo; da se razgovorimo kao prijatelji."

XIV

Bila je nedelja kad je Višnja prišla Čedomiru. Dan je bio vedar. Po plavom se nebu micalo nekoliko malih, svetlih oblaka. Sunce je snažno osvetljavalo predmete na koje je padalo, ali nije bilo vruće, već vrlo blago, meko, glatko, da je vazduh bio kao u kupatilu. Po trotoaru je bilo dosta sveta, ono lepog sveta što praznikom pre podne izlazi u varoški park. Vesela ženskadija, koja nema briga oko raspremanja kuće, gotovljenja ručka, vodila je glasne razgovore. Među njima videli se bolji činovnici, imućniji trgovci, raspoloženi takođe, rumena lica i zadovoljnih očiju. U jasnoj svetlosti proletnjeg dana šarenile su se raznolike boje, počevši od belih platnenih bluza do crne materije muških kaputa. Preovlađivali su otvoreni tonovi, jake boje, koje kod nas ne gube još svoje simpatije pored sveg diskretnog ukusa što nam dolazi sa finog i delikatnog Zapada.

Mladi student koračao je sam. I on je išao u šetnju. Poznavao je gotovo ceo taj svet bilo sa ulice, bilo sa pozorišnih premijera, bilo što je imao drugova njihovih poznanika, bilo, najzad, da im je bio predstavljen. Na njegovoj toaleti videla se velika razlika. Imao je nov, taman kostim, pretenciozan beo prsnik, polucilinder s vrlo uskim obodom, kako je te godine bilo u modi. Da je još imao čitave potpetice na cipelama, mogao bi se meriti sa svima šetališnim junacima.

Kod jednog fotografskog izloga spazi Lazarevićevu kako mu ide u susret. Ona je bila obučena u haljine zatvoreno plave boje, čiji je ozbiljan kroj dolikovao lepo njenom odmerenom hodu. Dva pramena zlatne kose virila su ispod prostog slamnog šešira. U ruci je držala jedan krupan cvet na podugačkoj grančici.

Ona ga spazi takođe i zakloni lice onim cvetom, kao da je htela sakriti rumenilo koje joj zaplami obraze. On je pozdravi i htede proći. Tada mu Višnja priđe, pruživši ruku, ne govoreći ništa.

— Kako je lep taj karanfil! — poče Ilić prvi, tek da bi prekratio mučnu tišinu.

— Je l'? — odgovori devojka u istom tonu.

Jedan nov plamen crvenila liznu joj uz lice.

Oni oboje pokušaše da ne kažu istinu. Devojka je grickala donju usnu, kao da je htela savladati iznenadnu žalost koja je obuze. Mladić je kucao štapom o kaldrmu i gledao preda se.

— Uzmi ga kad ti se dopada! — reče, najzad, Višnja, i pruži mu cvet.

On ga uze. Promuca nekoliko reči zahvalnosti, pa stade. On je osećao svoj lažni položaj prema toj devojci koju je voleo i koja ga voli, prema drugoj devojci čije poverenje izigrava i čijom se slabošću koristi, prema sebi samom, na kraju krajeva, jer on hoće život pun, veliki, ali čist, jasan, bez utišavanja savesti i popuštanja prilikama.

Beše ga darnuo poklon. Posmatrao je rumeni karanfil, njegovu živu boju, njegove svilene, reckaste listiće. Mislio je kako da vrati ovu ljubaznost. Njih dvoje bi mogli biti tako zadovoljni jedno drugim, tako srećni. Na srce su mu navirala osećanja od pre godinu dana, meke, naivne misli, pomalo melanholične, kao što je svaka čežnja. Htede otpočeti prisan razgovor, upitati svoju drugaricu kako je provela tih nekoliko meseci otkako su se razišli. Ali se ne usudi, jer bi onda trebalo da ispriča svoje veze u kući ministra Matovića, da objasni onu vožnju u kolima, da prizna svoj položaj prema Beli. To nije bilo u njegovoj vlasti; Beli je dugovao bar obzir čuvanja tajne. Višnja se opet nije osećala u pravu da zatraži ta objašnjenja. Šta je ona bila sad njemu do obična drugarica, prijateljica, poznanica čak!

Kako se ona mogla mešati u njegove lične stvari kojima je on prvi i jedini gospodar!

Oboje su bili oborili oči i ćutali. Nešto se moralo govoriti. I dvoje dragih ispuniše tu tišinu, punu nekazanih stvari, primedbama o vremenu.

U jednom trenutku, Ilić podiže oči i pogleda pored sebe.

Desno od njih, između dve kuće videlo se parče Topčiderskog brda, niz jablanova u podnožju, grube fabričke zgrade, svetla traka od Save, jedna zelena livada i cela železnička stanica. Razni koloseci, nizovi vagona i ostala gvožđarija obrazovala je crnu, zarđalu masu. Na nekoliko mesta pušilo se. Mladić obuhvati jednim pogledom taj mirni pejzaž. I dok je dim puzio u modrim trubama ka čistom plavetnilu osvetljenog neba, njega obuze jedno jako, nemirno osećanje, slično bolu za domovinom. U njegovoj prirodi beše jako razvijena čežnja za onim što nema, što je različno od njega, što stvara kontraste i nadu na potpunost. Požele da raskrsti sa svojim nesređenim položajem jednim potezom, sad, tu, odmah, da ode, da se izgubi, da iščezne s Višnjom u neki svet gde ga niko ne poznaje... daleko negde, u nepoznati kraj gde bi počeo nov život. I kao da htede ostvariti ovaj san, on se obrati devojci, nežno kao žena:

— Kud si pošla?... Hajdemo negde zajedno! Imam mnogo stvari da ti kažem, da ti izložim što sam naumio.

Višnja prista u prvi mah, podajući se svome srcu. Posle se trže brzo, naglo i odbi.

— Ne, ne mogu. Žurim se.

Osećala je kako joj je teško u duši. Grlo ju je stezalo od neke neznane žalosti. Oči su joj bile pune suza. Ako ostane s Čedomirom još za trenutak, osećala je da se neće moći savladati, da će briznuti u plač... tu, na ulici, pred tolikim svetom.

— Zbogom. Mi ćemo se videti! — dodade pružajući mu ruku, pa okrenu glavu da bi sakrila svoje uzbuđenje.

— Zbogom!... — ponovi još jedanput, pa se udalji, koračajući nesigurno, posrćući gotovo.

Idućeg dana, Višnja ga nađe na Velikoj školi po svršetku jednog seminara. Izišli su iz škole, pa vrljali po varoši bez cilja, izbegavajući posećena mesta. Oni su bili lep par. Ljudi su se zaustavljali da ih gledaju. Već se primicalo veče kad se nađoše na Ćirićevoj poljani. Sad se tu širi čitava nova naseobina raznolikih vila, okruženih cvećem i ukrasnim biljkama. Međutim, onda to beše prazno, žalosno polje, pokriveno sprženom, smrdljivom travom, razlupanim kantama, trulim hartijama i ostalim smetlištem koje je grad izbacivao na svoju periferiju. Na severu, uzdizala se jedna nemalterisana kuća seoskog izgleda. Desno od nje video se niz sitnih kravarskih stanova s prozorima do zemlje, osenčenim šljivacima. Još dalje, ukazivala se crvena silueta jedne ciglane.

Devojka je stanovala u blizini, te pozva svoga pratioca kući da se odmore.

Oni pređoše poljanu ukoso, prođoše jednu usku ulicu, kaldrmisanu samo krajem, ukrašenu ovde-onde kakvom novom prizemnom kućicom, gde se videla uređena baštica i idilični bunar na točak. Pređoše jednu njivu, zasađenu pšenicom. Zatim se spustiše niz jednu jarugu koja je nekad bila drum, pa uđoše u jedno prostrano dvorište, ograđeno sa tri strane jeftinim stanovima.

Višnja pritisnu kvaku na jednim od mnogobrojnih, zeleno obojenih vrata, ali se ona ne otvoriše.

— Gazdarica nije kod kuće — reče ona, pa se saže da uzme ključ ispod prostirke od praga.

Pri tom cela njena mlada snaga otisnu se na njenim haljinama. Njen prirodan struk, neizmučen miderom, zateže bluzu, te se pokazaše njena zdrava pleća. Ramena se videše okrugla, zaobljena, kao izvajana.

— Izvol'te — reče kad otvori vrata, i prijateljski dodirnu rame mladiću, dok jedan svetao, čedan odsev ozari njeno lice.

Prođoše kroz vrlo čistu kujnu. U jednom udubljenju krila se velika postelja, zaklonjena crveno-mrkim zavesama sa žutim paftama, koje se danas vide samo po državnim kancelarijama. Prema postelji, u vencu od tepsija i šerpi, visila je jeftina slika talijanskog izdanja koja je trebala da predstavlja sastanak Romea i Julije. Staklena vrata vodila su iz kujne u Višnjinu sobu, koja iznenadi mladića mnogim i lepim nameštajem.

— Gazdaričin muž je stolar — objasni devojka. — Radi u jednoj obližnjoj fabrici. Dobro mu se plaća. U slobodnom vremenu radi za sebe. Sve je to on sam izradio. Pogledaj ovaj stočić za pušenje. Nije li čitavo umetničko delo?... Evo, pa puši! — produži ona, pomaknuvši sto u pravcu Ilića. — Ko me ne poznaje, pomislio bi da i ja pušim!

— Ne pušiš nikako?

— Jedna cigara s mêne na uštap, u društvu, ne škodi...

Upališe po cigaretu.

— Sedi... tu, na kanabe — reče mu Višnja.

Čedomir primeti tek tada jedno kožno, starinsko kanabe u sumraku sobnog ugla.

— Sedi ti... ti si umornija — odbi on. — Meni je dobro i na stolici.

U trudu da zadovolje što više jedno drugoga, oni se gotovo posvađaše, te najzad sedoše oboje.

Devojci se ote jedan uzdah.

— Ti si umorna... ti si nešto nevesela, Višnja? — primeti Ilić.

— Ne, nisam — osmehnu se ona. — Možda sam malo umorna... Phi, ala je ljuta ova cigara! — dodade zatim, nasmejavši se glasno.

Valjda pri tom proguta malo dima, te se zakašlja. Baci cigaru i reče prezrivo:

— Ne, nisam ja za duvan!

I Ilić se smejao. Njihovi se osmesi susretoše, njihova se lica približiše, njihove se usne sastaviše.

Posle se ponovo pogledaše.

Osmeh je još igrao oko Višnjinih usta, bled osmeh, nalik na grč. Ona približi svoje lice njegovom. On oseti miris njene kose i spusti ruku na njeno rame. Ona se strese; ne reče ništa. Drugom rukom on je obvi oko pasa.

Tada Višnja pokuša da se oslobodi, stežući mu u isti mah ruku jako.

— Ne, Čedomire... moj Čedomire... Ne, to boli, da znaš kako boli!...

On je ponovo prihvati i prinese je k srcu sa jednom željom u duši, da sâm pocrvene. Ko zna koliko ostaše tako zagrljeni! Devojka se pokoravala bez reči, bez protesta, predavala se sva, poslušna, gipka, nežna, bleda, cvokoćući i zgrčena pored njega.

Noć je ulazila u sobu kroz prozor.

Telo i duša su tako ujedinjeni i zbrkani u nama da, uprkos lepim mislima i dužnim obzirima, onaj koji voli jednu ženu i oseća je pored sebe živu, pada u groznicu požude. Podivljao, kao zver što pogleda svoju žrtvu pre nego što joj dovrši život, Čedomir prekide poljubac u jednom trenutku, zaželevši da vidi svoju draganu, da je vidi celu, razgolićenu, ostavljenu njemu na volju.

Ona je ležala, kao dete, izvaljena na njegovu mišicu. Pramen plave kose padao joj je preko lica. Njene bistre oči bile su širom otvorene, gledale radoznalom bezazlenošću u jednu utvrđenu tačku, kao u neki san, i htele reći:

„Da divnog sna! Ostavite me da sanjam.”

U tom trenutku student se seti Bele, i, pored sve orgije strasti, načini upoređenje između te dve devojke. Bela je tražila zadovoljstvo ne po osećanju, nego po pameti, izazivala ove trenutke, pila njihovo opasno piće, svesno i pribrano, kao pijanica po zanatu. Ona je smatrala poljupce kao šećerlemu, pucala jezikom i tražila još, još, još.

O pravom životu, sa stotinama ozbiljnih pitanja, ukrštenih interesa, teških odgovornosti i neizbežnih dužnosti, ona nije imala pojma. Dotle se Višnja činila mladiću žena-drugarica koja diže čoveka na posao, pruža mu podstreka za velika dela; opštenje sa njom daje radosti, odmora, utehe, a ne nove nevolje i moralno propadanje. Sa tom misli počeše i druge da se vraćaju u mladićevu glavu. On opazi u Višnjinim očima jedan vlažan sjaj. Svetlost se pretvarala u suzu. I suza za suzom poče da se niže, kao đerdan, niz obraze devojkine, lagano, kovrljajući se, ne susrećući jedna drugu.

Ilić se osvesti potpuno pred tom slikom. Celo njegovo poštenje upravi se između njega i devojke. On se sroza s kanabeta kao krivac. I zaronivši glavu u krajeve devojkine haljine, zagrca:

— Oprosti, oprosti, Višnja. Ja ne znam šta radim. Ti ovo nisi zaslužila. Ja često ne gospodarim sobom. Ja nisam načisto sa sobom. Kako se to desilo? Ja to nisam hteo. Mene smatraju za mirna čoveka, ali, vidiš, ja se pitam da li u meni ne živi neki skriveni đavo. Ah, kako sam gadan, kako sam gadan, Bože moj!

Višnjine ruke dodirnuše njegove kose. Ona podiže njegovu glavu i gledaše ga kroz suze, kao da ga je žalila, kao da je žalila sebe, kao da je žalila njih oboje.

— Mi bismo mogli biti tako srećni, Iliću, vrlo srećni...

Ali Ilić, kao i svi ljudi koji traže od svoje sudbine više nego što ona može dati, bežao je od svoje sreće, misleći da trči za njom. Nije prošlo ni nekoliko minuta, a on je već bio na ulici, sâm.

XV

— Hteo sam nešto da ti kažem, ženo — reče Matović, spremajući se da legne.

Deca su bila već zaspala. Bela tako isto. Kućom je vladala duboka porodična tišina. Električna lampa, zaklonjena šeširom od zelene svile, razlivala je sâno svoju hladnu svetlost po intimnom nameštaju supružanske sobe. Spolja je dopirao huk plahe kiše. S vremena na vreme mlazevi bi udarili o prozor da veselo čoveka opomenu kako je prijatno biti u svojoj kući.

— Šta je to tako važno? — odgovori gospa-Matovićka, već u postelji. — Pohitaj... dockan je.

Matović se bio upola svukao, pa zastao, sedeći zamišljeno u jednoj staroj naslonjači.

— Ne dopada mi se — reče najzad, sa strogošću u glasu — što se Bela viđa po ulici sa onim našim đakom... kako ono mu beše ime?

— Čedomirom?

— Jeste. Oboje su mladi, a znaš kakav je svet... Baš me danas u sednici pita Popović da mi nije šta rod.

— Gle ti vidre, čak ga i to interesuje! — odvrati gospođa na račun Popovića, pa dodade: — Čedomir je ozbiljan mladić, čovek od poverenja. Beli se jako dopada.

— E? — začudi se ministar.

— Da — potvrdi njegova žena, pa nastavi odlučnim glasom: — Izgleda da se i ona sviđa njemu... Vere mi, spremaj pare za svadbu.

— Ne budali! — ponovo se naljuti muž. — Ja ti govorim kao majci, a ti teraš šegu... Kakva svadba! Taj mladić nije ni školu svršio, a Bela je još dete.

— Bela mi je teret na grudima — prihvati gospođa, iznenadno potresena. — Kad je vidim onako hromu, meni se srce cepa. Ja bih htela, opet, da je vidim srećnu, zadovoljnu, zbrinutu. Čedomir je lepa prilika. Istina, siromah, bez familije, ali mi smo tu. Kroz koji mesec svršiće školu. Neće trebati da se mučimo oko miraza. A što su mladi?... Šta im fali što su mladi! Pa ti reče jednom prilikom: „Kad se deca vole, neka se uzmu...”

— Ali ako se ne vole? — prekide je Jovan.

— Onda nikom ništa. Bože zdravlja!... ostavi ti to meni... vi se ljudi ne razumete u tim stvarima.

— Dobro. Meni je inače dosta moje glavobolje. Samo znaj, neću skandala u kući — završi on.

Ilić nije ni sanjao da se ovakvi razgovori vode između Belinih roditelja. On je verovao da su njegovi odnosi s devojkom duboko skriveni, te je s te strane bio miran. Međutim, mučio ga je sukob njegovih osećaja: njegove ljubavi prema Višnji i njegovog ljubakanja s Belom.

Višnju je voleo. S tim je bio načisto. To je bilo nesumnjivo. Na samo njeno ime, obuzimao ga neki fluid, sladak i težak; u glavi mu se brkalo, srce gotovo prestajalo kucati. Belu nije mogao ostaviti. Ona je bila tu, ona mu se nudila, ljubila ga bez pitanja, ukrašavala mu život mnogobrojnim nežnostima; njena ljubav laskala je njegovim željama da živi i bude srećan. Mladi čovek se nalazio u nerazrešljivom sukobu koji dolazi, s jedne strane iz čovečjeg instinkta da traži svoju sopstvenu sreću pošto-poto, i s druge strane nužnosti društvenog života onakvog kakvog su ga stvorili zakoni, naravi, navike. On je stajao na prekretnici i nije se mogao odlučiti kamo da pretegne. Intelektualni život je odvojen od praktičnog. Ilić nije imao nikakvog iskustva o svetu i primenjenoj filozofiji. I on je ličio na onog klasičnog magarca koji je skapao od gladi između dve gomile sena, ne mogući da se reši koju da izabere.

Idealni egoist koji traži celokupnost svoje sreće, Ilić je osećao da će ta sreća bilo jednim, bilo drugim izborom izgubiti jedan deo svoje potpunosti. I tada ne bi bio srećan, jer bi se osećao krnj, sakat, jadan, nedostojan da živi. On nije video da svi oko njega imaju svoj krst na leđima. On je video samo sebe, te je verovao da bi s njim trpelo i sve drugo: njegovi bližnji, društvo, država, čovečanstvo; on je sve to video u svome „ja"; to njegovo „ja" bilo je početak i svršetak svega.

Ponekad, i njegovu dušu su zapljuskivali i prilivi odlučnosti. Jedan unutrašnji glas mu je dovikivao:

„Budi hrabar! Radi! Reši se! Ne kloni!"

Ali uprkos tome glasu odlučnosti, koji pomaže pametne ljude u njihovim borbama, on je ostajao na istom mestu. Uprkos dubokim uverenjima u sopstvenu vrednost, on je oklevao. On je gledao svaki dan toliko ljudi koji se bacaju u život s čudnim poverenjem u sebe. Njega pak sumnja je zadržavala sad u svemu što bi preduzeo.

Izbegavao je jednu i drugu devojku. Radio je za ispite više nego što je trebalo. Čitao je knjige, novine, književne listove neumorno. Opijao se njihovim fikcijama, pio i dalje taj opasni napitak koji mu je ubijao svaku samostalnost. Kad bi se ipak umorio, stezao je slepoočnice grčevito, šetao po sobi ili bežao... po zabačenim krajevima, prostačkim kafanama, vijan kao nekom utvarom.

Nije ga se ticalo koje je doba dana.

Ti zaboravi su mu prijali. Ostavljao je, kao svi slabi ljudi, vremenu, kakvoj povoljnoj prilici ili slučaju da oni reše njegovu sudbinu.

Jednom se dignuo s rada u pola noći. Po sporednim ulicama bile su već ugašene svetiljke. Kafane su bile zatvorene, izuzev nekoliko noćnih, na rđavom glasu. On izabra najgoru, *Esnafliju*, pa stupi unutra.

Sazidana od ćerpiča i dasaka, ova čatrlja je bila tako bedna da se činilo kao da je primila od svojih posetilaca naviku da pije, pa se propila i od pića posrnula, pa produžila put poroka kao svaka pijanica. Tako je pre neku godinu i svršila: jednog jutra se srušila. Nikome nije palo na um da je diže. Policija je samo došla, učinila uviđaj i očistila njene ostatke, gomilu zemlje i dasaka. Sad to mesto stoji prazno. Ništa više nije ostalo od *Esnaflije* do dve čađave pruge na zidu susedne kuće, na koju se oslanjao krov pjane kafane.

Unutra je vrilo kao u paklu. Smrad od pića, obuće i zbijene gomile davio je. Gostima nije to smetalo. Oni su sedeli oko stolova nakresani, raspoloženi, izmešani. Izgledalo je kao da su svi srpski staleži poslali ovde pokoga svog predstavnika. Pored glumca sedeo je trgovac, pored studenta oficir, pored činovnika obućar. Kroz dim od duvana i isparenja, Ilić vide jedno prazno mesto, pa se uputi k njemu, kad spazi pored sebe Zariju Ristića kako ispija čokanj rakije.

— Servus — odgovori mu Zarija i ponudi stolicu. — Jest, znao sam ja to nije istina. Tvrde za tebe da si srećan čovek. Pričaju da se u tebe zaljubljuju ministarke ili njihove ćerke... Sedi. Batali, kažem im ja. To je suviše romantično za Beograd. Znao sam ja, velim... Ne bi ti dolazio kod *Esnaflije.* I ti si pogorelac na svoj način, je li tako? Ha! Ha! Ha! Hoćeš rakije?

Ilić nije pio to piće. Ali prista ovog puta.

— Još na rakiju nisu udarili porez — produži Ristić. — A bila bi grdna šteta. Ona jedina veseli naše žalosno doba, greje te mesto metrese, oduševljava te, opija najbr... r... rže... Eto, već sam pijan.

Bio je zaista dobro ugrejan. Još je više filozofirao nego po običaju. Skakao je s predmeta na predmet.

— Vidiš, ti si petičar, prvi đak, stalan gost na ministarskoj trpezi, pa koja vajda: nesrećan si kao sve ove propalice, kao ovaj oficir što je bio na rumunskom dvoru, kao ovaj glumac što je igrao Kina, kao ovaj bakalin što je uvozio vagone kafe iz Brazilije, kao ovaj u ćošku...

s velikim nosem, što tera mrtvačka kola. Ej, Marjane, koliko si ih danas sahranio?

— Osam — odgovori kratko čovek s dugačkim nosem, ne dižući glave sa svoga dlana.

— Ne uči toliko, razumeš? — prihvati Zarija ponovo se obraćajući Iliću. — Ja sam rešio svoj život razmišljanjem, filozofijom, pa me oni nisu ni ishranili...

— Moj život tek počinje — odgovori Čedomir. — On se tek penje vrhuncu. Ja hoću da on bude vredan...

— Pusta želja! Jer samo gledajući u prošlost, mi možemo znati šta je vredeo naš život.

— Ja hoću najpre da učinim sve što mogu drugi. Ono posle... to će biti plus, Zarija.

— Svet je glup, Iliću, on ne voli pametnije od sebe.

— Ja ne mislim tako. Svet je prostran. Mene čekaju velika dela... Ne znam tačno kakva, ali velika nesumnjivo. Drugojačije ne može biti.

— Pij, provodi se, uživaj mladost! Velika dela dolaze sama po sebi. Život je dug, prijatelju, a mladost kratka.

— Srce mi hoće apstrakt i apsurd, moja misao nedostižne visine...

— Koješta! Bar smisli šta hoćeš. Hoćeš li da budeš viđen? Onda kritikuj tuđa dela, ne stvaraj ništa, razmeći se, drugima preporučuj večitu skrušenost; penji svoj glas za jednu notu više iznad svakidašnjosti. Eto ti ključa da postaneš veliki u očima onih koji te okružuju... Je li, Marjane, a bî li ko od bogatih?

— Oni ne spadaju u moju nadležnost — odgovori službenik mrtvačke spreme. — Ja teram kola treće klase.

— Ako pak hoćeš da budeš zadovoljan — produži Ristić — onda moraš ići iz ljudskog društva, moraš se približiti prirodi i životinjama. O, da znaš koliko mi malo poštujemo životinjski svet! Tebi je,

bez sumnje, poznat onaj Ibzenov junak, Ulfhaj mislim da se zove...
Kelner, jedan polić! Eto, takav treba da si. U prirodu, u prirodu!...
— Moje je mesto među ljudima, Ristiću — reče Čedomir uvereno. — Mene čeka život neobičan, jak, veliki. On mora doći. Ja imam vremena. Ja ne smem živeti obično. Ali — prihvati posle jedne počivke — ako on ne dođe, Zarija, ako budem morao živeti kao svaki drugi...

Mladić izvuče jedan džepni buldog, sav zarđan.

— Vidiš li ovaj pištolj? Kupio sam ga pred lanjsku demonstraciju. Žandarmi su me izmlatili, ja se nisam koristio njim. Ali ako ono dođe što ti rekoh, onda...

— Ostavi tu pušku. Ne valja je pokazivati u pijanom društvu — prekinu ga Zarija, pa ispi čokanj do dna i, ne odvajajući još staklo od usta, produži: — Najzad, svejedno. Nama je već izrečena presuda. Mi imamo da biramo između ovo dvoje: ili da ubijemo naše srce pa da živimo kao starci, ili da umremo mladi slušajući svoje srce. Ja sam izabrao ovo drugo, a i ti ćeš... siguran sam. Pij, provodi se, uživaj mladost! Ja sam ti to, Iliću, govorio odavno, ali ti imaš duh romantičan. Ti misliš da sam ja grub. Ja nisam grub. Ja imam iskustva, i to je sve. Ja poznajem život. On vredi toliko koliko mu čovek dâ vrednosti. Kao što vidiš, nešto relativno... Doista, ničega sigurnog, ničega stvarnog. Samo iluzije, samo snovi. Hoćeš li još jedan polić? Prodao sam neke stare pantalone, pa imam računa da te častim.

Čedomir se osećao umoran, smeten, iznuren. Ćaskanje pijanog mudraca zanimalo ga. On osta do zore pijuckajući šljivovicu. Ristić se nije zaustavljao. Govorio je o nauci, politici, ženi, Bogu, ludnici, a kad su izašli iz kafane, zaključio je trešten pijan:

— Jest, kažem ti... nema ni dobra ni zla apsolutnog, već konflikta između nužnih sila. U to budi uveren.

XVI

Radoje Ostojić je uspeo da osnuje akcionarsko društvo za eksploataciju Moravine snage. Vlada je odobrila pravila. Akcije su se dobro upisivale. Država je pomogla društvo kreditom. I već se s proleća pristupilo radovima na podizanju centrale *Rad i svetlost*, kako ju je krstio jedan tamošnji profesor, jedan od onih neprimetnih kulturnih radnika po palankama, koji su skupljači pretplate svakoj novoj knjizi, poverenici odbora za dizanje raznih spomenika, delovođe varoških čitaonica, horovođe pevačkih družina.

U čaršiji se govorilo neprestano o elektrici. Radoje je bio junak tih dana. Ljudi su verovali u njega, smatrali ga za nešto više od sebe. Kad je prolazio ulicom, stariji su se utrkivali da ga pozdrave, a deca se zagledala u njega, kao u čudo. Nedeljom i praznikom svet je išao, mesto u crkvu, gore u klisuru i divio se kako se stene seku...

— Kao sir!

— Juče da sam umro — govorio bi kakav stariji čovek — pa da su mi rekli da će neko raskopavati onaj krš, ne bih mu verovao da mi je iz očiju ispao!

— Tu smo se krili od Turaka — dodavao je drugi — a gle ti sad čuda! Hvalimo te, Gospode, velika su dela tvoja!

— Sad kopaju branu i jaz. Pritisnuo radnik, mila majko, kao mrav. Seva budak, a onaj kujundžijin nastojava i sokoli...

Uveče je odjekivalo po varoši od pucnjave lagumova. Parčad od kamenja doterivala su do prvih kuća. U klisuri, gde je dotle raslo divlje trnje i aptovina, a mrtvu tišinu oživljavao tek šum kakve zmije, podigla se čitava naseobina od radničkih koliba, magacina i skela. Ostojić je bio glavni nastojnik. Sav kaljav, pocrnela lica, oprljena čela, a veselih, svetlih, zanesenih očiju, vraćao se uveče sa rada. Građani su ga zaustavljali, zapitkivali radoznalo.

— Ide... ide. Biće ranije svršeno nego što smo predvideli — odgovarao im je ubeđeno. — Ne žalim novca. Samo nek se ne gubi vreme. Sve će se vratiti dvostruko, jer nam je vreme najskuplje u životu.

On se doista žurio. U uspehu svoga plana za podizanjem električne industrije u Čačku, gledao je ostvarenje svoje ljubavi prema bakalinovoj ćerci, koja daleko tamo iza Rudnika radi na svom obrazovanju i sprema se da bude velika i mila saradnica na preporođaju rodnog kraja. Upravo, on je ovo dvoje mešao. Kad je u klisuri nadziravao radnike, gledajući hiljade njihovih crnpurastih, zamahnutih ruku, on je video viziju Višnje, njene glave, njenih očiju koje pozdravljaju svojim toplim pogledom rad na dobru naroda. Slušajući zvuke pijuka, njemu se činilo da sluša njen ljupki glas, koji mu dobacuje slatke, zanošljive reči. A kad bi se prenuo sasvim i mislio na nju, na tu plavu devojku, na njene kose, na njene obraze, na nju celu, njemu se priviđalo kao da iza nje vidi jednu novu varoš, isprepletane žice, stotine točkova u pokretu, gomile radnog naroda i bele kuće, pune sitne dečice.

Nešto se od toga već ostvarivalo. Velike nadnice privlačile su seljake iz okolnih sela, pa i izdalje. Zadovoljno srce je zamahivalo snažno pijukom. Po planini se razlegala pesma radnička. Varoš živahnu. Hlebarnice počeše peći hleb dvaput dnevno. Pečenje je mirisalo po starinskim panjevima. U kafanama je vrilo kao na vašaru.

— Ovim seljacima zasja elektrika pre nego što joj i direke udariše — primećivao bi ko u šali. — Piju, jedu kao na daći.

— Neka im je alal! — poklapali su ga drugi. — Rade, brate moj, pa sve varnice iskaču.

— Samo tako! — govorio je Radoje. — Do jeseni imaćemo oba zida na brani. A ono što ostane lako je. Još dogodine u ovo doba možemo imati elektriku.

Ostojića je naročito pomagao gazda-Mitar.

— Ostavite vi Radoja — govorio je građanima koji bi davali nametljive savete. — Naše je da nađemo novac, a ostalo: to je njegovo. Ne može se nauka posisati iz prstiju.

I tada bi zvao mladića u dućan, ponudio ga da sedne za tezgu, do same kase, poručio kafe, pa onda s njim razgovarao nadugačko i naširoko o primeni elektrike, trudeći se da ga svojim zdravim razumom shvati što bolje.

Međutim, jednom kad je Radoje počeo da govori o lakoj deljivosti električne snage, što joj daje preimućstvo nad parom pri upotrebi u sitnoj, pa i zanatskoj radinosti, stari Lazarević prekide ga, rekavši mu tmurno:

— Nije mi glava sad za to. Žena mi se razbolela. Prala juče kuću, pa je valjda promaja udarila. I govorih ja stoci da se ugleda na ovu Švabicu preko puta, pa da pere jednu sobu danas, pa sutra drugu. Ne bi osetila, a kuća bi bila oprana...

— Starinske žene, gazda-Mitre...

— Starinski čovek sam i ja, pa opet, kad vidim da je nešto bolje, što da ne radim tako!... Zvao sam doktora. On joj prepisa nešto, i reče mi da će se večeras navratiti. Boji se da ne pređe u zapaljenje.

— Zbilja? Zapaljenje nije lako u gazdaričinim godinama. I kad se preboli, ostane uvek nešto.

— Šta misliš, da li da pišem detetu u Beograd?

— Njoj će biti svakako žao ako je ne izvestiš. I onda, znaš kako je, čiča-Mitre, treba pomisliti na sve.

— Pravo veliš — odgovori bakalin zamišljeno. — De, da mi sačiniš jedno pismo. Nek dete zna... I kažem joj ja da se čuva. Misli da joj je još osamnaest godina — nastavi da se ljuti protiv žene. — Batine! Batine! Batine su iz raja izašle. Bili su sami u dućanu. Kalfa je pretakao vino u magazi. Šegrt je stajao pred vratima i kuckao kosom o kaldrmu. Nekoliko muva zujalo je oko oba dućanska prozora. U rafovima se šarenila povesma vunice, prevučena zavesom od tula; videli se kalupi od fesova, razne kutije sa šamijama, veštačkim cvećem, bombonom. Na fiokama ispod njih primećivali se natpisi za lorber, nišador, alevu papriku. U drugom delu dućana, popločanom ciglama, stajali su džakovi kafe, pirinča, šećera, kante gasa, jedno bure zejtina sa merilicama obešenim o ivicu. Oko vage, prekrivene plavom, debelom hartijom, bili su naslagani crni tegovi do sto kila, kaje soli, gvozdeno posuđe. Iz odškrinute magaze udarala je kisela vonja na jeličko vino. Jedan zrak sunca igrao se oko girlanda od raznobojne hartije, kojim je kalfa ukrasio tavanicu.

Lazarević izvuče iz kase jedan svežanj starinske narandžaste hartije, špartane zelenim uskim kvadratima, skinu sa obližnjeg rafa jedan divit, koji je bio izgubio svoju prvašnju boju pod mnogogodišnjim krmačama, i nabi na oči dosta fin cviker. On je metao te naočari kad god je imao posla s pisanom stvari, kao da je znao čitati i pisati. On je na taj način davao svečanosti tome radu, sređenosti svojim mislima i pažnje onome što će se napisati. Zatim, podiže glavu i zadrža je tako uzdignutu celo vreme, dajući utisak nekog od onih naših nepismenih državnika iz doba oslobođenja.

— Piši joj — reče, zastajkujući na svakoj reči — da smo svi, hvala Bogu, zdravo i dobro, da joj isto od Boga želimo. Samo, kaži, majka ti je nešto nazebla, pa se mnogo brine za tebe da i ti nisi, ne daj Bože, bolesna, da ti škola nije teška i da ne oskudevaš u čemu. Volela bi da te vidi, pa dođi ako možeš, a ako ti škola ne dopušta, a ti nemoj... Bože zdravlja, videćemo se. Ja ti šaljem nešto novca kad i ovo pismo. Velim, nek ti se nađe ako se nakaniš. Ako ti je to malo, a ti mi telegrafiši ili otidi kod mojih prijatelja i zemljaka, Vuksanovića i kompanije, staklara na Savi do Malih stepenica; nemoj da se stidiš. A sad primi mnogo pozdrava od tvojih dobroželećih ti roditelja... i Radoja koji ti ovo pismo piše i u svemu mi se na ruci nalazi.

To je pismo zateklo Višnju u vrlo teškom raspoloženju. Stid ju je bio za onaj trenutak zaborava koji se desio kad je Čedomir bio u njenoj sobi. U njoj se bunila naša devojka iz srednjeg staleža, bakalinova ćerka, poslušno dete patrijarhalne kuće, gde je život sina naličio na život oca, gde se snovi ne penju ni donde dokle se diže dim domaćeg dimnjaka. Ona nije umela, i pored svojih lektira, da izmiri starinski moralni zakon porodičnog života sa borbom za ispunjenje svojih sopstvenih potreba. Njeno vaspitanje, koje joj je obezbeđivalo sreću u očevoj kući, obeležavalo je kao povredu toga zakona njen pothvat da sama izvojuje svoga muža. Ona se pitala šta bi mislio njen otac da je saznao za posetu mladićevu.

Ni sama misao da je Čedomir ponovo njen nije ju mogla utešiti. Svoju grešku smatrala je za krivicu. Stid ju je bilo i od samog Ilića, a radi njega i radi svojih roditelja, ona je želela biti najbolja žena na svetu. Ona nije priznavala sebe za svog gospodara. Ona je zaboravljala prvo pravilo svoga novog vaspitanja: da mlada devojka bira sebi muža potpuno svesno. Ona se nije pravdala pred samom sobom, ona je gubila prisustvo duha i pitala se šta drugi misle o njoj. Ona je znala da je neko od njenih suseda morao primetiti kad je ušla s Čedomirom u kuću i kad su toliko ostali nasamo. Ona je polagala na mišljenje okoline. Bilo da se s kim susretne, bilo da porazgovara, očekivala je iz prvog pogleda podsmeh, podozrenje, osudu. Njoj nije padalo na um da se zapita: kakve su one, te žene, te devojke od kojih se bojala, jesu li one čiste i toliko koliko ona, kakva je ta greška koju je učinila i, najzad, ko sastavlja to poštovano javno mnjenje? Nije li susetka desno od njih nevenčana žena čoveku sa kojim živi? Ne ide li devojka, levo od njih, u fabriku tek da se sakrije od policijskog nadzora? Nije li sused preko puta pomilovani robijaš? Pa i dalje, dole u Beogradu, zar nije videla gomile još gorih od svojih suseda? Ona nije umela braniti sebe pomoću drugih. Ona je osećala, prosto, da je uradila nešto što nije trebala učiniti; i to ju je bolelo. Kud se okrene, činilo joj se da je nešto prati u stopu, nešto hladno duva za njen vrat i jedan tajanstven glas joj šapće strašne, nerazumljive reči.

Izbegavala je da ide na univerzitet.

„Kako bih pogledala u oči Iliću!", govorila je nemo u sebi.

Po cele dane provodila je u svojoj sobi, čitala pribeleške, razgledala nepročitane knjige, prevodila s ruskog. Ko zna dokle bi trajala ta tamna griža da ne dobi ono pismo od oca. Kad ga prvi put pročita, ne učini joj se majčina bolest mnogo opasna. Što ga je više ponavljala, sve je razumevala bolje narodske fraze gde se ne govori neposredno, obigrava se oko stvari i pričaju se mnoge izlišnosti.

Reši se da otputuje još istog dana u Čačak.

Majčina bolest joj se činila kao kazna. Njeno već ranjeno srce, stezalo se od bola. Zaklinjala se da će se sva predati nezi oko bolesnice, da neće odmicati od nje dan i noć. A kad ozdravi, ona će joj ispričati šta se s njom dogodilo, priznati sve, pa neka bude kako ona rekne.

U tim mislima, Višnja je prekidala pakovanje stvari, otvarala ponovo očevo pismo i čitala ga bogzna koji put. Rečenica o Radoju dopala joj se posebice. Osećala je duboku zahvalnost prema mladom zemljaku koji se tako našao u nevolji oko oca.

„Baš je krasan momak!", reče gotovo glasno.

Tada se seti velikih planova Radojevih i celog njegovog govora na Moravinoj obali. Pogađala je da mu se dopada. To joj bi milo, ali ubrzo odbi taštu želju za kaćiperstvom i reče u sebi:

„On se vara. Njemu treba druga žena... žena koja će se posvetiti cela njegovom delu, koja će mu omiliti kuću, koja će verovati u ono što on veruje."

Devojka odmahnu rukom. Nju su samu podgrizale sumnje u njen javni rad, u njene ideje, u život koji je izabrala. Ali vreme nije bilo pogodno za razmišljanje. Časovi su prolazili, trebalo se žuriti za voz, i ona prionu oko svoga kofera.

Imala je pravo što se žurila. Majka je bila opasnije bolesna nego što je otac pisao. Za vreme krize, mlada studentkinja pokaza se kao najizvežbanija nudilja. Tri dana i četiri noći nije napuštala bolesničke sobe.

Idućeg dana, kad lekar pregleda bolesnicu, reče devojci:

— Zahvalite Bogu i idite te se odmorite. Opasnost je prošla. Gospođa će sad mnogo da spava. Dovoljno je ako se služavka nađe pored nje s vremena na vreme.

Lazarevićka se oporavljala polagano. Njeno telo beše iznureno surovim radovima oko održavanja kuće, brigama, sitnim bolestima koje se pate, a ne smetaju.

— Glavno je da joj je srce zdravo — reče lekar na poslednjoj poseti.

— Ako se tako održi, gospođa će živeti još toliko koliko je živela.

XVII

Višnjina majka oporavljala se iz dana u dan. Već je pomalo napuštala sobu, šetala po dvorištu, sedela u bašti. Stvari su u kući pošle opet svojim starim, mirnim tokom. Tako je Višnja mogla sad misliti na sebe. Griže savesti bilo je nestalo. Gledala je na onaj događaj s Čedomirom u njenoj sobi mirno, kao na neki davni nesrećni slučaj. Neka topla nada, koja se u njoj rađala bez razloga, ispunjavala je njenu celu dušu. Ona je verovala u Čedomira, on je voli... oni se ponovo vole... Šta treba više, pa da se bude srećan! I u tom slatkom raspoloženju, koje ne potiče iz određenih stvari niti ima za cilj nešto opredeljeno, ona se rešavala jednako da mu piše. U brzini s kojom je ostavila Beograd, nije javila nikom o svom odlasku. Tada joj je to izgledalo prirodno: njenu misao je zauzimala samo njena majka. Bolest je prošla: pomenula se, a ne vratila se, kako kažu naši stari. I devojka je mislila ponovo na svog prijatelja:

„On ne zna ništa o meni, a ni ja o njemu, kao da smo tuđini. Svakako mi zamera, jer ne zna razloga mome odlasku."

Htela mu je pisati dugo, opširno o sebi, o svojima, o miru koji je našla u svom rodnom kraju, o večito promenljivom pejzažu kukuruznih polja, o lekovitoj tišini Moravinih obala, namirisanih mirisom zrelih jagoda i odronjene zemlje, o otegnutoj jeci gajda po mehanama gde svraćaju seljaci. Ali pismo ispade kratko, banalno. Javila mu je samo povod svoga odlaska i da se neće vraćati do jeseni, pošto će se predavanja uskoro završiti.

Kad se pismo pošalje iz Čačka za Beograd, odgovor se može dobiti četvrtog dana. Lazarevićeva priček još nekoliko dana. Odgovor nije stizao. Ona se čudila tome ćutanju. Da li se Čedomir durio? Možda ga pismo nije našlo? Možda je i on otišao iz Beograda?

Međutim, Ilić je primio pismo, ali nije znao šta da odgovori. Ono ga je dirnulo jako, kao sva njena pisma, pa može biti i više. Jer se behu kod njega desili događaji koji su stvorili nepremostivi jaz između njih dvoje. Oni su se desili doista protiv njegove volje, pa ipak se osećao krivim. Poštenje mu je nalagalo bar da izvesti svoju bivšu draganu i uštedi joj muku od saznanja, naglih i iz druge ruke. On ju je žalio. Pogađao je šta će se desiti u njenoj dobroj duši, kad sazna sve. Pogađao je svu odvratnost koja će je obuzeti prema njemu, prema svim ljudima, prema svemu, svemu...

Sastavljao je pismo u mislima, birao zgodne reči, iznalazio utešne razloge, zaklinjao se da se to desilo bez njegovog znanja, da je bio žrtva glupog slučaja, i da... na kraju krajeva, on nju voli još, nju jedinu, nju samu. Kad bi tako došao najzad do rešenja šta da joj odgovori, on se pitao kako će joj pismo dostaviti. Bojao se da joj ne napravi nove neprijatnosti kod roditelja, kod malovarošana, koji ne priznaju ovim vezama njihovu nevinost. Doduše, ona mu je pisala, te time stavljala do znanja da joj može odgovoriti. Ali njeno pismo nije sadržavalo ni rečce o ljubavi; ono je moglo putovati i otvoreno, a da niko ne nađe u njemu čega drugog do drugarskih saopštenja. Njegov odgovor pak nije se mogao skalupiti u ta opšta mesta, i Višnja bi propala ako bi pao u tuđe ruke. On joj je hteo pisati radi sebe takođe, ispričati joj sve onako kako se dogodilo, sve pojedinosti, sve... sve... što nikom drugom nije smeo reći.

Od onog dana kad je bio s Višnjom u njenom stanu, trudio se stalno da ne ostaje nasamo s ministrovom ćerkom. To je bilo vrlo teško. Stanovali su pod jednim krovom, hranili se za istom trpezom. Pored toga, Bela nije navikla da joj se zadovoljstva uskraćuju: koliko se mladić sklanjao, toliko je ona trčala za njim. Nije marila da li će to ko primetiti, šta će ko reći i kako će se sve to svršiti.

— Ti si luda! — reče joj on kad mu rupi u sobu, usred bela dana i bez ikakvog izgovora.

— Majka je izašla u varoš — odbrani se devojka. — A drugi?... Briga me je!

— Ne, Bela, to nije tako. Ti se kompromituješ. Kuvarica vidi sve iz kujne.

— Kuvarica ne sme da regne — prekinu ga devojka. — Ajd', zagrli me... ne stoji ti lepo kad si ozbiljan.

Ilić je zagrli preko volje.

— Slušaj, Čedo. Ti si nešto ohladneo prema meni. Čini mi se da me izbegavaš. Ti me više ne voliš? — stade da se mazi, i nabra obrve.

Mladić uzdahnu, nervozno sklopi jednu knjigu, pa ustade i poče šetati po sobi.

— Ti se ljutiš?

— Mani me, boga ti, Bela. Tebi je samo ljubav u glavi. Ljubav, ljubav... nije ona sve u životu. Ja imam osam ispita na vratu. Glava mi buči, hoće da prsne.

— Znam, znam. Ja mislim na tvoje ispite. Ali neću da se preučiš. Ostavi danas te knjige — dodade veselo. — Odmori se, Bože blagi! Ima vremena. Ja te volim, mnogo volim, najviše volim.

Ona ga prisili da sedne, posadi mu se u krilo, pa poče da barata po njegovom stolu. Pod ruku joj dođe sveska jednog omladinskog lista i u njoj prevedena pesma nekog Rusa. Devojka obavi desnu ruku oko vrata svoga dragana, a levom pridržavaše knjigu prema svetlosti, pa stade recitovati dosta lepo:

To je bilo u proleće rano,
To je bilo u brezovu hladu,
Imala si srce nasmejano,

I glavu si oborila mladu.

Kô odgovor na svu ljubav moju,
Oči tvoje spustila si tajno...
— Oj živote! O šumo, pokoju!
O mladosti! O ti sunce sjajno!

Ta pesma uzbudi Iliću gomilu misli na lanjsko proleće, na Višnju, na njen prvi poljubac. Slast te uspomene bi još jača što su je izazivala usta druge devojke. On oseti gotovo perverzan zanos od te smeše poezije, uspomena i prisustva devojke koja mu je nudila što mu ona druga nije mogla dati.

— Ponovi još jedanput te stihove! — reče Beli, i oseti kako mu celo telo drhti, a na srce mu navaljuju raznoliki osećaji, od tihe nostalgije što smo pustili sreću da odleti kad su nas njena krila dodirivala, do vrelih igala strasti koje su mu bôle i vrtele meso.

Devojka ponovi pesmu mirno, ne sluteći osećaje koje je izazivala. Tada on dohvati knjigu, baci je u ugao iza sebe, i, kao da je hteo utopiti svoje misli, on se predade zagrljaju koji je toliko izbegavao. Njihove usne se dodirnuše. Ramena se sastavila s ramenima. Ruke su se stezale grčevito. Grudi se upirale o grudi. Poljupcu nije bilo kraja.

Vreme je prolazilo. Njihove oči nisu gledale. Njihova glava nije radila. Njihov um se bio onesvestio.

Veče se spuštalo u sobu. Kroz rashodovane čipkane zavese primećivalo se s mukom dvorište. Sumrak je kupao žbunove šimšira, sporedne staze i siluete barni za trešenje prostirki.

Oni se behu probudili upola i gledali jedno drugog usijanim očima.

S devojkine glave pale su ukosnice. Mirišljava kosa prosula se kao talas po njenim ramenima. Iz haljina u neredu provirivalo je rumeno i belo grlo. Ruke je zabacila. Naslonila se cela na mladića.

Tamnožuta čarapa od konca vajala je divno listove njene zdrave noge. Iznad njenog ramena se dizala Čedomirova glava, unezverenih očiju, zgrčenih usta. Kosa mu je bila zamršena, lepila se po oznojenom čelu. On provuče prste kroz kike na temenu i upravi pogled prozoru, kao da je hteo sebi dati računa gde se nalazi i šta se desilo.

Jedna krupna senka spusti se niz stepenice velike kuće, dodirnu šimšir, proklati se po kaldrmi od dvorišta, pa zamače dalje, u mrak. Ilić ugleda ovu senku. Htede nešto reći. Ali ne mogade. U njegovoj glavi je bilo mutno. On je bio u stanju pijana čoveka koji dobro vidi da pravi gluposti, a produžava i pravi ih nove, sve mu izgleda lako. Uz njega se pripilo jedno žensko stvorenje, celo jedno žensko telo, gotovo golo. On ne bi bio čovek da je mogao misliti na šta drugo. Plima strasti plavila mu je srce ponovo, udarala na bȉlo kod očiju, pljuskala u ušima. Obuzimali su ga čudni osećaji da cepa, da muči, da se sveti na toj devojci koja mu se predavala sva. Paradoksalna ljubav čula dostizavala je svoj vrhunac.

Tada se začu jedan šum na vratima.

Dva mlada stvora pogledaše se kao dva zločinca. Otvoriše usta da nešto reknu, ali nemadoše vremena jer se na pragu ukaza gospa-Kleopatra.

Prođe jedan trenutak, tih, mučan, dug kao večnost.

Niko ne reče ništa.

Bela je ustala, pošla nekoliko koraka ka uglu od sobe, i onda zastala, pokrivši oči rukama. Jedan deo rasute kose padao joj je oko razdrljenog grla. Ona je gubila glavu, kao guska koju pojure sa dve strane. Nekoliko koraka levo od nje, stajao je Čedomir, bled, pognute glave, namrštenih obrva, priseban potpuno i spreman da primi što ima da dođe. Na otvorenim vratima stajala je Belina majka još neprestano.

Ona je bila ušla s ozbiljnim izrazom neumitnog sudije, izrazom koji nije pristajao zgodno njenom žovijalnom licu. Taj se izraz gubio sve više u izvesnu zabezeknutost što je našla više nego što je očekivala.

— Ju, rospije! — ote joj se gotovo zavidan usklik kad ugleda Belu u njenom neredu.

Ipak se ona savlada prva, zatvori vrata za sobom, stupi dublje u sobu, stavi ruke na kukove, pa oslovi studenta nešto izveštačenim glasom:

— Lepa parada, gospodin-Iliću!... Nisam se nadala da ćete tako izneveriti poverenje naše kuće. Zar se tako vraća gostoprimstvo koje smo vam ukazali! Sramota, mladi gospodine...

— Mama! — promuca devojka u odbranu svoga dragana.

— Ćuti ti, ti... kako da te nazovem?... ti ćeš ocu dati računa. Ti nisi više moja kći.

Mladić ne odgovori ništa. Osećao je da će doći nešto gore, nešto strašnije od uvrede, nešto što se ne da izbeći i što će ga pratiti večito.

— Ne pokušavajte da se branite. Već mi to pričaju odavno. Ali ja dobra, naivna, starinska žena... Ko će u to da veruje!... I to da dočekam u svojoj rođenoj kući, grom vas spalio... od čoveka koga hlebom hranimo...

— Mama! — umeša se Bela energičnije.

— Krasno, gospođice! — obrati se Matovićka svojoj kćerci. — Divno, devojko! Od koga si naučila da zakazuješ sastanke, reci! Na koga se metnu, nesrećnice? Hoćeš li da svet pokazuje prstom na tebe, ludi stvore?

— Dosta! — viknu razmažena devojka, koja se bila povratila iz prvog iznenađenja, pa usturajući dlanom svoju kosu, dodade odsečno: — Ilić nije kriv ništa.

Gospa-Matovićka se zarumeni u licu kao da je obuze iznenadni strah da događaji ne uzmu drugi obrt, te se odvaži da udari na glavnu stvar.

— Ti ga voliš, dakle? — reče mekim, poetskim glasom. — Ti si sasvim izgubila glavu!

— Da, ja ga volim... mi se volimo; je l'te, Čedomire? — odgovori devojka uzbuđeno.

Ilić oseti da je sad došlo ono veliko, ono strašno, jezivo što je očekivao. On zadrhta jer je to bilo veće, mnogo teže nego što je njegova slutnja predviđala. Njegov pogled se prošeta od Bele ka njenoj majci, pa onda pade ponovo na devojku, a odatle na sto, na zid, na prozorska okna, na zatvorena vrata, kao ptica koja je tražila da se spase.

— Je li to istina, gospodine? — upita ga gospa-Kleopatra svečano.

Bilo mu je jasnije nego ikad da ne voli tu devojku, pa ipak on prevali:

— Da!

Ta se reč ču jedva; on se napreže i reče ponovo:

— Da, da.

— Da! — ponovi fatalnu reč još neko u sobi.

To je Bela odgovarala, mada ju niko nije pitao, i gledala mladića zadivljeno, ugriznute usne, isturenih grudi.

Majka uzdahnu, i to ovog puta iskreno. Uze dvoje mladih za ruke, približi im glave, na nešto dramski način, zagrli ih oboje i reče veselo, kao da je naručivala novu haljinu:

— Neka ste blagoslovena, deco moja! Ja ne marim što ću odsad biti baba.

Ilić se osmehnu kiselo.

Gospođa ga zagrli ponovo.

— Ko bi se nadao od ovog sveca — reče zatim, milujući ga po podbratku. — Ko bi pomislio da tako ume zavrteti mozak devojkama! Bogami, Bela, pazi se docnije, ne puštaj ga daleko od sebe!

Bela se cerila đavolasto.

— Haj'te gore, na posluženje — dodade gospođa. — Samo, nikome da ne pričate o ovakvoj veridbi. Ja ću već pronaći nešto romantičnije... proleće, nebo, veliki praznik, dolazak Čedomirov u crnom odelu k meni... očev blagoslov, prase na ražnju... Ona ustrča kao devojčica uz dvorište. U salonu se zapali veliki luster, a električno zvonce pozva sobaricu da posluži slatko.

— Samo još fale prangije! — govorila je nova baba i pevuckala neku popularnu ariju.

XVIII

— Da to nije neka tvoja kombinacija? — reče ministar kad mu žena saopšti te večeri da je Ilić zaprosio Belinu ruku i da je ona, kao majka, dala svoj blagoslov, pa je pogleda podozrivo ispod oka.

— Bog s tobom, čoveče! — odgovori Kleopatra lako. — Oni se vole godinu dana pred našim nosem, a mi... slepci kod očiju! Bela mi je sad priznala sve. Veli, zavolela je Čedomira još čim ga je videla... mnogo joj se dopala njegova učenost, romantičan izgled...

— A on? — prekide je stari gospodin, stalno nepoverljiv.

— On joj je izjavio ljubav pre nego što si još postao ministar... ovde, u ovom salonu... služavka je brisala trpezariju... ti si se bakćao oko novog ustava. Ju, obešenjaci, da mi je uši da im izvučem — dodade gospođa veselo — gde su našli ljubav da izjavljuju!

— Slušaj, Kleopatra — primeti hladno Matović. — Brak treba da je rezultat slobodnog razmišljanja. Bojim se da mladića nije zasenio moj položaj, a on na to ne treba da računa ni koliko ja. Niko u Srbiji nije siguran šta se sutra može desiti; nigde nije tačnija ona poslovica da se ne zna šta nosi dan, a šta noć. Stranci nas zovu „zemlja iznenađenja".

— Ne sluti, boga ti — odvrati gospođa — tu je ustav, Državni savet, narodna ljubav.

— Narodna ljubav!... — podsmehnu se ministar. — Trice i kučine. Danas nam viču živeo, a sutra, na nekoliko zapaljivih reči kakvog dripca, zaurlikaće ti: dole s njim!... Nego, neka mladić svrši školu, postane svoj čovek, dobije parče hleba, pa nek uzme Belu, ako hoće... ja ću mu prvi čestitati.

— A dotle?

— Dotle se može sve desiti. U svakom slučaju, pripazi na tu tvoju šmizlu. Kad smo mi bili mladi, mi smo znali za ljubavne izjave samo iz romana...

— Vremena se menjaju. Sve hoće da je moderno... Dakle, ti kažeš da pričekaju?

— Da, bolje da se kaju ranije, nego docnije.

Matovićka ne htede navaljivati. Znala je da joj je muž vrlo tvrdoglav. Stoga uze drugi put, primi od njegovog govora što je išlo u korist njenog plana i reče Čedomiru:

— Tata nema ništa protiv. Samo traži da svršiš školu. Dotle nam inače treba vremena oko devojačke spreme... De, poljubi ruku!

Stvari su se menjale u kući polako. Posluga se obazrivije ponašala prema domaćem učitelju. Žandarm, na službi u ministrovoj kući, odavao mu je potpuno propisan pozdrav, tresnuvši čizmom i kočeći oči. Kuvarica je stišavala bliznakinje da se ne deru pred njegovom sobom. Sobarica je namestila na njegov prozor saksiju rezede. Gospa-Matovićka slala ministarske cigarete. Bela dolazila češće preko dana, krijući se tek forme radi. Iz varoši se donosile trube platna, razne čipke, konci, svila, modni žurnali. Jedna švalja je najmljena pod nadnicu.

— Sutra da mi što bude, ne daj Bože, pa da mi dete ostane bez spreme, kao siroče — branila je gospođa te troškove pred ministrom.

Bela je posvećivala Ilića u te kupovine, pitala ga za savet pri izboru boja, govorila mu cene pojedinih nabavki. Mladić je odobravao. Nije mogao dati jednog ličnog mišljenja. Te stvari mu se činile nepoznate, daleke, tuđe, neshvatljive.

— Naš Čedomir kao da je pao s Marsa! — smejala se gospa-Matovićka, koja bi kadgod prisustvovala tim razgovorima.

Nikad Ilić nije jasnije osetio dva čoveka koji su živeli u njemu; jedan: miran student iz unutrašnjosti koji gleda svoje knjige, trudi se da odgovori svima dužnostima, vodi brigu o dnevnim potrebama, raspodeljuje svoja sredstva. I drugi: nemiran duh, zaljubljen u beskrajnost, fantast koji zahteva sve lepote od života, usamljeno biće što se ni s kim ne da da udruži, idealista koji radi samo na krupno; gledajući glavnu stvar previđa sporednu, večito se nečem čudi, večito se uzbuđuje; nesposoban ma za kakvu akciju, treba mu čitavo rešenje da uđe u dućan i kupi kakvu sitnicu, a prelazi preko ostvarenih zadovoljstava sa sleganjem ramena, posmatra onog prvog čoveka nemilosrdno kao lekar koji ima da postavi dijagnozu, kao filozof koji se koristi tuđim iskustvom. Taj čovek je posmatrao spremanje za svadbu u kući Matovićevih mirno, kao da se to tiče neke sasvim druge ličnosti; radoznalo, kao da je hteo saznati kako se te stvari događaju. Osluškivao je čelični huk šivaće mašine, studirao fizionomije trgovačkih pomoćnika koji su donosili robu na izbor, čudio se složenosti crkvene administracije oko potrebnih dokumenata, osmejkivao se podrugljivo na ljubaznosti što se činile budućem ministarskom zetu i pitao se čudljivo kako će se to sve svršiti. Dotle je onaj drugi Ilić, onaj pravi, onaj koji se video, kome su pripadale krštenica, uverenje da nije ženjen, ostale svedodžbe, radio marljivo za svoje ispite, prelistavao mnogobrojne udžbenike, pročitavao pribeleške, pisao izvode, kao svaki đačić.

Kao što se predviđalo, svršio je školu odlično, bez jedne četvorke, sama petica. Nije se pamtilo da je neko položio s takvim uspehom. Čedomir je položio ispite, a gospa-Kleopatra je brala lavorike. Ona je sad govorila svome mužu:

— Jesi li video da sam imala pravo! Ne treba gojiti prase uoči Božića... Sve je spremno. Mogu se venčati prvog praznika.

Sporazumeli su se da venčanje bude na jutrenje, u najužem krugu prijatelja. Gospođa je to objasnila mladiću razlogom:

— Tata se nije oporavio još od robije, pa ne može da izdrži taj štrapac.

Ilić je pristao odmah, govoreći:

— Da, neka bude prosto... što prostije... koliko je moguće prostije.

Pravi razlog toj odluci bila je Bela. Ona nije mogla izdržati ceo dan na nogama, podnositi sva ona trčkaranja, predstavljanja, igranja... naročito igranja.

— Neću da mi se svet smeje: hroma mlada, hroma mlada! — govorila je devojka majci glasom u kojem je odjekivala žalba i prekor.

— Tako mi ružno stoji kad igram!

Uoči svadbe, Čedomir iziđe iz kuće, pa je vrljao po varoši besciljno. Oko pet sati put ga nanese pored jedne velike građevine, kojoj su majstori dovršavali treći sprat.

Tu primeti gomilicu sveta koja se iskupljala ljubopitno. On priđe takođe.

U jednom kraju, pored gomile cigalja, ležao je jedan radnik, zatvorenih očiju. Malo dalje od njega video se krvav perorez.

— Govori ko te ubi! — reče neko iz gomile.

Radnik otvori oči, pogleda zlovoljno u pravcu onoga koji je pitao, pa reče:

— Ko me ubi?... Ja sam se ubio. Evo nâ!... Sve je tu napisano...

I pruži mu jedno parčence hartije koje nije bilo veće od cigarpapira.

— Pa čitaj! — zaključi samoubica i sklopi oči ponovo.

— Tri dana nam govori da hoće da se ubije — umeša se jedan nadničar sa samarom punim cigalja. — Veli, neće više da nosi ciglje... to mu je ispod dostojanstva!

— A kako se ubi? — upita onaj iz gomile.

— Eto, tako, radio s nama, vukao ciglju, pa onda baci samaricu, poteže se dvaput perorezom u prsa i onda ode onde, pa leže...

Celo ovo veče, Ilić je mislio na samoubicu. Pa i sutradan, ta ga misao nije ostavljala. Dok je sveštenik pevao: „Isaije, likuj..." i vodio ih oko nalonja, on je ponavljao u sebi nadničareve reči: „Evo nâ! Sve je tu napisano... pa čitaj!"

Istog dana otputovali su u Pariz.

Na stanicu su ih ispratili Matovići sa kumovima. Kad bi vreme vozu, Čedomira beše nestalo. Tek u poslednjem času pojavi se s punom šakom novina. Ministar se osmehnu.

— Baš si gedža! — prebaci Matovićka svome zetu. — Zar se za svadbeni put kupuju novine?

— Nešto me interesuje — odgovori mladić bez žurbe, i kad ostade nasamo sa Belom, razvi novine.

— Pardon za jedan časak... samo nešto da vidim.

Nije se prevario. U jednom listu nađe zabeležen jučeranji slučaj. Beleška je glasila:

Dosadila mu samarica. — Juče oko pet časova, Mića Živković, nadničar na novoj građevini Privredne banke, udario se nekoliko puta perorezom u nameri da se ubije. Ovo je učinio na ulici pred samom građevinom, a bio je mrtav pijan. Na saslušanju je izjavio da je pokušao da izvrši samoubistvo zbog toga što mu se dosadio život. Povrede su lake prirode.

Voz je odmicao. Kroz prozore od vagona videle se raznolike zgrade stanične, gvozdene mašine ružnog oblika, nizovi vagona, zelenilo susedne bare, a dalje, gore, na bregu, beleo se jedan kraj varoši pod nebom sivim kao miš. Beograd se udaljavao sve više.

— Vere ti, Bela — reče Ilić — pročitaj ovu vest...

Pa, kao za sebe, dodade:

— Kako svako ima dostojanstva; jedan prost radnik voli više smrt nego poniženje.

Bela zgužva novine.

— Ostavi te gluposti, Bog s tobom!... Govorimo o nečemu veselijem! Ti si voleo odavno da ideš u Pariz?

Mladić je pogleda rasejano.

— Jest... jest — odgovori zatim. — Voleo sam, mnogo sam voleo.

XIX

Voz je jurio, izmicao iz Beograda, ostavljao poslednje kuće. Na onom mestu, blizu ostrva Ciganlije, gde se pruga deli za inostranstvo, Ilić pogleda kroz prozor. Da li vide jednu klupu, usađenu u obalu čukaričkog druma? Da li se seti Višnje Lazarević i dužnosti koje je imao prema njoj? U svakom slučaju, Višnja nije znala dotle šta se dešavalo sa njenim draganom. Ona je sedela u Čačku i stalno čekala njegov odgovor. Dani su joj prolazili polako. Sunce je mililo preko usijanog letnjeg neba. Ne šesnaest sati, nego šesnaest dana, šesnaest godina, šesnaest vekova trebalo mu je da pređe od uranka na jednoj padini Rudnika, pa do zalaska za zeleni zid Jelice. Pratila ga čamotna tišina kao senka. Po dijamantskom vazduhu vijalo se nekoliko lastavica. Devojku su obuzimale čudne žudnje.

„Bože moj, da sam lastavica!", rekla bi gledajući tako njihove crne tačke u dubinama nebesnog plavetnila. „Blago njima. Uzleću, pevaju, cvrkuću povazdan."

„Glupe želje!", zaključila bi ubrzo zatim.

Ona je bila ljudski stvor, zavezan za zemlju. I još nešto gore: žena, ženska strana, podjarmljena tuđoj volji, tuđim mišljenjima, teretnim običajima koje su stvorili društvo i tok stvari. Čačak je bio njeno rodno mesto, grad u kojem je provela najveći deo svoga života, svaki ju je poznavao, čak i krovovi od kuća činili joj se da je pozdravljaju prijateljski, a ona nije mogla otići sama do prvog dućana.

— Bog s tobom! — čula je zabranu unapred. — Šta će reći svet kad te vide samu.

Ta oskudica slobode padala joj je najteže. Čitala je knjige, sedela kraj prozora što gleda na sokak i posmatrala zemlju svoga detinjstva smešeći se ljubazno njenim veličinama. Eto glavne ulice njenog rodnog grada: jedan dug, prav sokak, gde se kuće ćuškaju da zahvate što više ulice. Roba iz dućana gomila se bezbrižno po trotoaru. Po prozorima se crvene uski jastučići, gde se žene nalakćuju i razgovaraju preko ulice. Nasred varoši uzdiže se velika, starinska crkva sa glomaznim kubetom od lima. Oko nje su sitne kuće na jedan sprat i mehane za seljake. Ta crkva je jedini svedok da je Čačak postojao pre nas. Čuo se topot opanaka, škripale arabe, napunjene paprikama. Seljaci u nezgrapnim, slamnim šeširima cenjkali se s građanima. Oko dvanaest sati puštale se škole. Četiri časa docnije zvonila je večernja. Jedna četa vojnika marširala je sa strelišta u kasarnu. Uveče, jedan čiča, s kantom petroleuma i kutijom palidrvaca, obilazi varoš i pali opštinske fenjere, istaknute na trobojnim diricama po ćoškovima. Svaka gostionica ima takođe po jednu lampu pred vratima. Tako se po ulici prostiru čaršavi nesigurne svetlosti. Svet izađe i poseda pred kućom. Mlađi šetaju. Govori se mnogo. Gospođe nose dugo svoje haljine. Ponekad se ide u pozorište, kad ono u svom putu naiđe na Čačak. Po kafanama se puši, mlatara rukama i vodi politika. Neobavešten čovek pomislio bi da se nalazi na pragu revolucije, ali se svi ti govori svršavaju kad kucne devet sati, vreme spavanju, i varoš ostaje mirna i ista. Pre toga, Radoje se vraćao iz *Centrale*.

— Dobro veče, komšijka! — pozdravljao ju je izdaleka, skinuvši kačketu do zemlje.

Ponekad bi se zaustavio, ćeretao tako sa ulice, dok je ona odgovarala s prozora na drugom spratu. Bio je večito dobre volje. Pričao je rado o svojim poslovima. Rešavao se s mukom da je ostavi. Jedanput se toliko zadrža da ga gazda-Mitar opomenu:

— Hajd', hajd', sinovče; ne gubi vremena.

Pa obraćajući se ćerci dodao je:

— A ti, frajla, ostavi se Beograda u Čačku.

Po večeri, Višnja je izlazila s majkom na klupu pred kućom. Njihova klupa je bila najlepša u varoši. Drugi su sedeli na sanducima, na daskama zakucanim na nogare ili u četiri kočića. Njihova klupa je iz Beograda, fabrička, sa gvozdenim nogama u vidu lavovske šape, i sa uskim zelenim lestvicama.

— Kao na Kalimegdanu! — govorio je gazda-Mitar, kuckajući štapom o njeno gvožđe.

To je bio Višnji najlepši deo dana. S Morave je pirkao svež vazduh. Po nebu se palile zvezde. Na ćošku svetlucao varoški fenjer. U obližnjoj bašti natpevali se slavuji. Negde bi zaškripao đeram. Varoš tonula, ljuškala se, razlivala u noći. Devojčino srce se opijalo tom idilom.

Obično priđe Mileva Ostojićeva.

— Diži se, teto — kaže ona odrešito staroj Lazarevićki — da idemo malo u špacir.

Obe devojke uzmu gazdaricu ispod ruke, šetaju do kraja sokaka, nazivaju svakoj klupi dobro veče, pričaju šta su radile preko dana, šale se na račun prvog koji naiđe.

— Znate šta je novo? — reče im Mileva jedno veče. — Mešoviti hor *Ljubićke vile* priređuje uoči Ivanjdana izlet na branje ivanjskog cveća. Da pustiš, teto, Višnju sa mnom?

— Ne branim — odgovori Višnjina majka. — Ja joj jednako velim da izađe u društvo, da se razonodi, a ona neće, studira...

Tom prilikom skupilo se veliko društvo, kako je to retko u palanci. Tamo se svi poznaju, ali se tuđe zajednice, libe se, zaziru jedno od drugog, stid ih je, boje se. Pa opet se desi kadgod, kao ovaj put, o pokladima, na teferidžu, pataricama, da se društvo sastane, bez naročitog dogovaranja, i veselje bukne, utoliko jače ukoliko je dotle izbegavano; momci su duhoviti, devojke pristupačne, mlade žene nestašne, a starci i starice tapšu rukama, odobravaju i bune još više, pa se, posle, godinama priča kako su se proveli na Đakovića ljuljašci, o Sokinom prstenu.

Tako i sad, veselje je planulo neočekivano, još dok su se sastajali. Na pijaci je zapevao društveni tenor, inače knjigovođa u varoškoj štedionici, slobodno, kao da je u mehani:

Oj ubava, ubava devojko, oj,
Mlad Milija mlad vinograd sadi,
Loze sadi, ravne dvore gradi.
Dan gradio, a dva se kajao —
Oj, ubava, ubava devojko, oj!

Društvo prihvati:

Miliji duša miriše
Na svakojake travice,
Na zelen zdravac planinski,
Na bel' bosiljak gradinski.

Na izlasku iz varoši ukaza se Morava bistra, umiljata, osenčena zelenim rubom podrivene obale. Tada se izvi iz Milevina grla pesma gipka kao ta reka:

Oj Moravo, moje selo ravno,
Kad si ravno, što si vodoplavno!...

— Pogledaj je, Višnja... pogledaj Moravu — reče Radoje, dok jedan unutrašnji sjaj ozari njegove nepokretne oči. — Čuješ li njeno tiho žuborenje, njen šum, kao uzdah prostran i blag? Da li se i tebi čini da nas ona, kroz niske grane svojih vrba, poziva na velika dela, uzvišen rad. Gledao sam je toliko puta... gledam je i sad, a nikad je se neću nagledati. Čini mi se ona kao neko natprirodno biće, kao svetica, nepoznato božanstvo. Naši pesnici pevaju pesme tolikim rekama srpskim. Zašto mi nju zaboravljaju? Zar ona nije velika, glavna naša reka? Od užičkih golija i vranjskih vinograda, ona poji celu našu zemlju, drži je moćnim svojim žilama kao nerazdeljivu celinu, struji kroz nju kao njen krvotok.

Radojev glas i, čas nemo a čas glasno zapljuskivanje domaće vode, uticali su čudno na Višnju. Predmeti su gubili oštre konture. Nešto zagonetno osećalo se u prirodi. U isti mah, oko srca joj bilo toplo, meko, prazno.

— Tako je mirna, prijatna, ljupka — produži Ostojić gledajući u belo platno Moravino. — A video sam je nadošlu, ustalasanu, pomamnu: strašna je tada, riče, besni, valja hrastove, odnosi ćuprije, rije njive. To se ona sveti što ne cenimo njenu snagu. Međutim, to vreme prolazi; centrala se podiže, i ja ću uskoro, kao onaj klasični pesnik, koji je pozdravio pronalazak vodenice, moći kliknuti: „Odmorite ruke što okreću mlin, o mlinari! Spavajte mirno. Neka vas petao uzalud opominje da je dan svanuo... Nimfe će raditi posao robova!...“

— Zbilja, kako se osećaš u Čačku? — trže se sajdžija iz ovih sanjarija.

Devojka pocrvene do ušiju, bez razloga.

— Lepo! — odgovori posle malog oklevanja. — Lepše nego što sam mislila. Ja volim čist vazduh, šumu, svoj narod, velike horizonte, prirodu jednom reči.

Radoju se svide taj odgovor, zausti da to kaže, kad pesma odjeknu ponovo. To su se natpevali momci i devojke. Momci su pevali:

Ispod sela zelena livada,
U livadi selen do kolena,

U selenu studeni kladenac,
Do kladenca momče i devojče —
Daj, devojče, oči da ti ljubim!

— Kako je lepa naša narodna pesma! — primeti Radoje. —
Prosta, a sve kaže, dirne te u žicu.

Devojke odgovoriše:

Stojane, luda budalo,
Uhvati sive volove,
Uzori ravne dolove,
Da vidiš šta će da nikne.
Ako ti nikne ludaja,
Za mene mladu da ludiš,
Ako ti nikne bunika,
Za mene mladu da buniš.

Sunce je bilo još visoko. Opštinska utrina je drhtala pod nje-
govom srebrnastom svetlošću. U to doba godine livada je najlepša.
Zrela trava zlati se, preliva kao svila. Među travkama nazire se razno-
liko cveće. Tu je modri slez sa krunicom kao zvezda. U žalfije se plâve
dlakava, lepljiva usta. Hajdučka trava diže skromno svoj veliki beo
cvet. Ljutići su žuti kao oči u mačke. Na mršavim peteljkama štrče
očajni divlji karanfili boje kao vino. I mirisi su razni: na pečen hleb,
na jagode, na mladost. Kad planinski vetar dune iz klisure, oblak od
cvetne prašine digne se iznad livade. Trave polegnu. Tada se otkrije,
bezazleno začuđeno kao devica, sitno, bledunjavo cveće na krivim,
lomnim grančicama. To je ivanjsko cveće, boje kao vosak.

Društvo zagazi u livadu. Iza nogu je ostajao siv trag previjene
trave. Momci i devojke pevali su, sustižući se:

Kolika je careva livada,
Na njoj nema trna ni grmenja.
Samo ima do dve vite jele,
I pod jelom zaspala devojka.
Pod glavom joj snopak deteline —
Oj ubava, ubava devojko!...

— Evo cveća! — viknu jedan ženski glas.
Gomila se rasturi po utrini.

Višnja se nađe pored Mileve. Ove pesme, Radojeve reči, veselje celog društva, rascvetana livada i ti mirisi zanosili su je. Svome prepunom srcu nalazila je oduške u cveću, saginjala se, kidala ga, mirisala, stezala njegov snop uz grudi. Te grudi! Činile su joj se tada velike, teške, uočljive, svakom vidne, da ih je htela sakriti; bolele je. I kao da se htela otresti tih osećaja, reče svojoj drugarici:

— Kako narod pogađa šta je lepo! Ove blede, uzdržljive, svete boje u ivanjskog cveća... da li ima šta umilnije od njegova venca!

— Kažu, ne valja se unositi u kuću — odgovori joj Mileva poverljivo. — Nego obesi venac više kapije, pa ako ga prekonoć nestane, znaj da ćeš se udati te zime.

Višnja se htede podsmehnuti svojoj drugarici, ali se ne usudi. U njenom krilu mirisalo je to posvećeno cveće tako silno, čudno, kao da se doista iz njega izliva dah nekog natprirodnog bića. Mileva otrča na drugu stranu, gde se zlatila čitava prostirka, i njen glas, već bez trunke tajanstvenosti, odjeknu dolinom:

Devojke su cveće brale,
Cveće brale, vence vile,
Vence vile, govorile:
Kako ćemo momke varat'
U te vedre, ladne noći,

U te sjajne mesečine?

Lazarevićeva osta sama. Beše nabrala puno naručje cveća, te potraži kakvo ugodno mesto da sedne i splete venac. Oko nje se prostirala talasasta ravnica nadaleko. Gde se okrene, livada joj je nudila meke, mirišljave prostirke. Duge, tanke travke povijale se prema lakom povetarcu, njihale svoje šarene glave, brujale jedva čujno i kao da su joj davale neki znak, zvale je k sebi. Tada devojka opazi nešto što dotle nije videla: jedan gotovo pravilan krug od svežeg, rosnog zelenila posred suve, zrele trave.

— Da divna kola! — kliknu glasno, potrča tamo, posadi se u njegovu sredinu i stade rastresati nabrano cveće.

— Jaoj, crna, šta ćeš tu? — viknu joj Mileva, koja se u taj par približavala s Radojem i još nekoliko devojaka. — Znaš li da si sela u vilinsko kolo?

— Kažu — dodade druga devojka, velikog nosa i zelenih očiju — koja nagazi na vilinsko kolo nikad se neće udati.

Ostojić pršte u smeh. I Višnja se nasmeja.

— Gatke! — reče ona nemarno.

— Nagvaždanja — odobri Radoje. Zatim dodade u šali:

— Višnja će poći za mene.

Devojke primiše šalu. Njihov nestašan smeh odjeknu dolinom.

— Daj da ti pomognem oko venca — reče zatim i posadi se pored svoje komšijke.

Devojke se udaljiše. Livadom je zvonilo pevanje popaca. Dva crna leptira s crvenim rubom oko krila jurila se oko jednog buketa dude. Niz kiridžija koračao je lagano drumom pored Morave. Višnja je ćutala. Njene ugasite oči merile su nemo zeleno kolo koje se obavijalo oko nje. Neko teško osećanje savijalo joj se na srce. Njena duša je drhtala od straha pred nečim nepoznatim, nezavisnim od njene volje, neminovnim. Ovo cveće, široka livada, jaki mirisi, pa to kolo i sve vradžbine kojih je pun njen kraj, bunili su joj glavu, mučili je kao nešto živo, gušili, davili. Jeza ju je poduzimala. Ruke joj gorele.

Njena misao osvetli joj za časak preživeli život. Višnja vide Beograd... u nekoliko partija, bez reda, jedan po jedan kraj, znamenita mesta, kao u albumu. Seti se Čedomira. Dovede ga u vezu s ministrovom ćerkom. Seti se njegova ćutanja na njeno pismo. Sumnja je ujede za srce. Učini joj se da tone, da se zemlja survava pod njom, da okolne planine padaju. Dođe joj da vikne:

„Za ime božje, pogledajte!... Propadam... Ima li ljudi!... Ne dajte me."

Savlada se.

Mladić pored nje primeti promenu na njenom licu.

— Prostačke priče — reče on sigurnim glasom. — Ti ne veruješ, valjda, u te besmislice?

— Da, ne verujem, Radoje — odgovori ona, bleda, žuta u licu, gotovo kao cveće koje je držala u krilu. — Ali je život čudan, komšija, tako čudan da ja ne znam sigurno šta bih rekla...

— Ne, to nije moguće, to je apsurd — reče mladić s punim uverenjem. — Bar danas je to jasno. Nema neba. Postoji samo atmosfera, planete, sunčev sistem, materija, energija.

— Nazovi kako hoćeš — jedva čujno prošapta devojka — ali ja osećam nešto jače od mene, nešto nepravedno, nemilosrdno, što me plaši.

Radoje je pogleda. Njegov pogled je bio sama ljubav. Htede utešiti devojku, htede joj dati dokaza sigurne budućnosti. Njegov glas je drhtao:

— Ja se nisam šalio. Časna reč mi je svedok. Ja ostajem i ponavljam...

— Ne, ne, ne, Radoje... ne, molim te, ne... — prekinu ga devojka.

Ona je pogađala njegovu misao. Nije htela da ga ponizi. Ona je preklinjala... Crte na njenom licu behu se razvukle. Oči se raširile žalosno. Usta je držala otvorena. Videla se oba reda zuba. Usne se zgrčiše na četiri ugla. Reč se zaustavila u grlu.

— Ti voliš drugoga?

— Da!

Zajedno sa ovom reči linuše njene suze, preko obraza, preko bluze, preko ivanjskog cveća.

Radoje htede jauknuti kao ranjeno živinče, ali bol devojke koju je voleo bi jači od njegovog sopstvenog. Video je da ona voli nesrećno.

— Nikad sreće neće imati onaj koji te je odbio — reče joj, tešeći.

— On ne zna šta je u tebi odbio.

Sunce je klizilo po vedrom nebu. Morava je žuborila iza jednog vrbaka. Pored nje se otezala čačanska kotlina, zelena, pitoma, dobroćudna. Po njivama su klasali kukuruzi. Mladićev pogled prelete celi rodni kraj, pa se zaustavi na vrhu Ovčara. Seti se gomile radnika koji u podnožju te planine zidaju centralu *Rad i svetlost*. Na njega naleteše crne misli kao osice. I kao da se htede odbraniti od njih, on ponovo obgrli pogledom svoju zemlju. Kiridžije su bile zašle za kukuruz, vidi im se samo glava. Polje je disalo mirno. Još se jurila ona dva leptira. Iza jedne šumice primećivao se krov varoške crkve, prost i dostojanstven. Sve beše lepo, kao dotle. Tek što mu se učini da se Ovčar i Kablar zavijaju nekom maglom.

Društvo ih je zvalo da požure. Jedni su već odmicali u pravcu varoši. Radoje usta. Pred njim blesnu opet Morava, osvetljena suncem.

— Hajdemo, Višnja! — zaškripa mladićev glas s dna grudi.

XX

Lazarevićeva nije davala ranije gotovo nikakve važnosti sujev-ericama. Ona je, takoreći, bila bez religije, izložena ranom uticaju prirodnih nauka i posvećena Čedomirom Ilićem u ono što se u to doba zvalo realni pravac u životu. Pa opet, čim je ustala, pogledala je na vrata gde je sinoć ostavila venac.

On je stajao na istom mestu, nedirnut. Jutarnje sunce presijavalo se na njegovim žutolikim cvetićima, nešto svelim. Njegova senka, nepravilna i krupna, drhtala je na zidu. Dalje malo, puzala je, ra-zlistavala se stara loza, puštala uvis svoje sočne pipke, pripijala se uz kuću, uvijala se oko dovrataka, jaka, snažna, žilava, pa čudno odu-darala od svežeg poljskog cveća. Višnji se učini da nešto živi tu u lozi, u vlažnom hladu lozinog zelenila, i da je gleda, posmatra nju i njen venac sa žaljenjem i kao hoće da joj kaže:

„Tako ćeš i ti svenuti, neudata, ostavljena."

To je os zujao u čokotu.

„Besmislice!", reče u sebi devojka i odmahnu rukom.

Toga dana vrućina bi još jača. Sunce se ne vidi, kao da se rastopilo po celom nebu, pa žeže. Nigde ptice da se čuje. Bilje zri. Višnja je spustila zavese. U sobi je mrak, ali malo što da je svežije. Iz čamovine na prozoru curi smola.

Pošto je raspremila sobu, poče da pomaže oko ručka.

— Ostavi to, Višnja — reče joj majka kad je vide kako potarkuje vatru. — Nije to za tebe, ne priliči ti.

Devojka se skloni od vatre za trenutak. Onda uze neki drugi posao. Radila je dvostruko samo da ne ostane nasamo sa svojim mislima.

„Radoje nije zaslužio onu uvredu", govorila je u sebi.

S tim prekorom mešala se široka žalba za Beogradom i mladićem koga je tamo ostavila. „Što mi ne piše!", čudila se devojka bolno. „Bar jednu reč, da je zdrav."

Po ručku pređe na trem. Proletnja pilad grabila su se u dvorištu oko mrva koje im je stresla kad je raspremala sto. Videle se razgranate stare šljive njihove bašte. Jabuka šećerlija kitila se rumenim, zarudelim plodom. Ostojićev Sultan dremao u svojoj kućici, vrteo repom i hvatao ustima muve. Dalje, preko raznovrsnih krovova, videlo se parče jedne ulice: pusta kaldrma, zarasla u modro-zelenu travu, dva niza plotova, nekoliko niskih kuća, ostaci zmaja na telegrafskoj žici i, u dnu, jedna starinska dvospratna zgrada u istočnjačkom stilu, s krovom kao zvezda, širokom nadstrešnicom, izolučenim prozorima, državnim grbom nad sniskim vratima. To je pošta.

Utom se ču lupa točkova. Iza ugla se pojaviše poštanska kola. Arnjevi se tresli. Jedan putnik je promaljao radoznalo glavu kroz otvor na kolima. Platno pozadi lepršalo se. Na njemu je pisalo nejednakim slovima: „Zbogom, Drino vodo, ja odo'!"

Višnjino srce zalupa jače. Možda će doći pismo. Kakav će to radostan dan biti za nju!

Pred poštu dohrama novinar. Tako se u Čačku zove raznosač novina, jedan sakat mlad čovek, koji bez štaka ne može da makne, a inače skakuće, svud juri, trči, kod sviju je, bez njega ništa ne može da prođe. Višnji je donosio među prvima novine, propraćajući ih stalno kakvom pošalicom. Pa i sad, kad ih joj predade, viknu:

— Evo važne... lažne novine!

Obuzimala ju je nervozna radoznalost kad god bi uzimala novine otkako se vratila u Čačak. Čitala ih je od početka do kraja. One su je opominjale mutno poznatih mesta, izazivale sliku za slikom preživelih događaja, donosile joj odjek mlakih beogradskih večeri. Tražila je u njima nešto novo, iznenadno, dobro, nešto što će doći i izmeniti, okrenuti njen život nabolje. Međutim, ništa se nije događalo. Beograđani su se žalili na vrućinu, na prašinu, na velike cene. Ovog puta njen se pogled sledi. U dnevnim vestima nalazila se ova beleška:

Venčanje. — Bela, kći g. Jovana Matovića, ministra zemljoradnje, venčala se jutros u ovdašnjoj Sabornoj crkvi sa g. Čedomirom Ilićem, svršenim filozofom. Čestitamo mladencima.

— Čestitamo mladencima — ponovi ona poslednje reči glasno.

Udarac je došao tako iznenada, bio tako jak, surov, da ona ne oseti odmah svu njegovu težinu, ne shvati svu svoju nesreću. Posle prve zabune, obuze je ljutnja. Baci novine na pod. Zatim ih ponovo diže i ukočeno gledaše posnu boju i redove štampanih slova, koja su rasla, debljala, udvajala se, odlepljivala se sa hartije, igrala.

— Bednik! — ote joj se uzvik.

Suze su zamagljavale njene oči. Srce joj se kidalo. Ona se pitala da li su ljudi ludi ili podlaci.

— Šta ti je, Višnjo? — upita je majka, koja se pomoli uz stepenice od trema. — Tebi nije dobro? Ti si bolesna?

— Vrućina mi je, majko.

— Hoćeš li slatko i vodu? Sad je devojka došla sa bunara.

Ne čekajući odgovor, stara žena donese što je nudila.

— Je li ti sad bolje?

— Da, da.

— Ali si bleda?

— Ne, nije mi ništa. Ostavi me, majko... Eno, zove te služavka.

Ona je zbog Čedomira promenila ceo život. Protivila se volji roditelja. Nije slušala savete oprobanih prijatelja. Ugušivala je glas savesti. I, on je sad ostavlja...

„Bez jedne reči, kao da nisam živa!", razmišljaše devojka, povukavši se iz trema u svoju sobu, kao ranjena ptica.

Tu je bilo vrlo mirno. Čuo se tek jedan ženski satić u papučici, obešenoj o zid. Ona je gledala neodređeno, preda se. Ilić je bio poluga na kojoj je počivala zgrada njenog života. Poluge je nestalo. Zidovi su popucali. Građevina se srušila. Ona se zbilja osećala kao čovek koji je bio zaspao u nekom naprednom gradu, pa se probudio posle jednog strašnog zemljotresa; on vidi oko sebe same razvaline, nepreglednu pustoš, ništa nije ostalo od svega što je juče još postojalo, a on je još živ.

— Ah, taj život! — promuca bolno.

On joj se učini odvratan, tako odvratan da sklopi oči sa željom da umre.

— Prijo? — zakrešta ženski glas odnekle.

— Prijo, Maro! — odgovori joj drugi.

— Imaš li koju papriku? Nema ko da mi kupi.

Na ulici se ču tresak tarnica. To je pošta odlazila dalje.

XXI

Višnja je ostavila univerzitet i otišla za učiteljicu. Slučajno je dobila dobro mesto: jedno bogatije selo u Mlavi, gde je našla školu po planu, uređenu baštu i koleginicu, jednu staru devojku, po imenu Anica. Lepo su se složile. Podelile su državne kvartire na dva odeljenja. U jednom su namestile kujnu i sobu za primanje, a od drugog su načinile svoje sobe za spavanje. Višnja je raspremala kuću, a Anica kuvala. Posle časova ostajale su dugo zajedno. Stara devojka je uređivala zbirke raznih starina: kamene strele, rimske novce, bronzano prstenje, koje je kȕpila po okolini. To je bila njena manija. Lazarevićeva ju je pomagala. Nije volela da ostaje sama sa svojim mislima. Hrabro je snosila sadašnjost i čekala nešto drugo... budućnost, kako se to jednom reči naziva. Mirno, predano, svakog dana, ona je učila male seljačiće pisati i čitati, Bogu se moliti i držati se čisto. Život joj je tekao gotovo spokojno i monotono, kao obližnji potok, što je milio pored školske bašte. Tek pokoji put, a naročito kad je napolju svetlo i blago vreme, ona je mislila na protekle događaje sa mnogo iskrenog sažaljenja za druge, a sa puno duboke žalosti za sebe.

Majka joj je umrla onog leta kad se Čedomir oženio. Smrt je jako uticala na već ranjenu devojkinu dušu. Ona se posveti brizi oko oca. Trudaše se da naknadi domaćicu kući. Mela je sobe, propirala rublje, trebila povrće, kuvala zaprške.

— Ostavi, dete — branio joj je otac da to radi.

Prljila se oko vatre, ruke su joj pucale od sapunice, krsta je bolela. Ipak je ona odgovarala:

— Ali kad ja neću, pa ko će!

Čačak nije dobio elektriku. Preko leta se bilo daleko odmaklo s poslom. Oba glavna zida na brani bila su podignuta. Ništa jače u gradu nije bilo sazidano: sve sam cement i kamen, temelj širok nekoliko hvati, a vrh od zida kao kolski put.

— Kao Sevastopolj! — govorio je penzionisani kaznačej.

Reka, stešnjena, penušava i kao zauzdana, probijala se još kroz otvor na sredini. Čekalo se samo proleće, pa da se i to zazida, te cela Morava okrene na jaz. Ali se proleće ne dočeka. S jeseni poče da pada kiša. Padala je iz dana u dan. To ne beše sitna, jesenja kiša, već mlaki pljusci kao usred leta. Po okolnim planinama obrazovali su se novi potoci i reke. Vode počeše nadolaziti. Iz gornjih mesta dopirali su glasovi o poplavi. Bujice odnele mostove, razorile puteve, ukočile ceo saobraćaj.

Jedne od tih vlažnih, mračnih noći, ču se pucanj, jači od topa, strašniji od groma, kao da se zemlja precepi. Uskoro zatim zalupa ulicom opštinski doboš na uzbunu. Varoš se izbudi. Reka je bila razorila branu, zaglavila svoje korito odronjenim kamenom, iščupanim drvećem, nanetim balvanima, buradima i plastovima sena, pa udarila preko polja i bacala se pravo na grad. Srećom za Čačak, sa te strane nalazio se neki starinski bedem, te je sad policija naređivala građanima da popravljaju što se dalo popraviti.

Voda je već dopirala do bedema. U mokrom mraku primećivali se njeni prljavi talasići žuti, gipki, penušavi. Dalje se nije videlo ništa. Kiša je pljuštala. Sa reke je dopirao potmuo huk bujice i težak miris na odronjenu zemlju. Građani, upola obučeni, i vojska, pristizali su u gomilama. Žurno se kopalo, nabacivala se zemlja, pobijalo kolje, donosilo se kamenje, granje. Radoje je bio prvi i ovde. Ali ga sad niko nije slušao. Oni koji su mu se dotle divili najviše, gledali su ga sad popreko, mrko, osuđivali ga glasno, pretili mu.

U jednom trenutku, neko primeti da se nešto crno giba na talasima. Donesoše čaklje, ali one behu kratke. Radoje obesi tada jedan fenjer na čaklju, pa prisvetli.

— Mrtvački sanduk! — primetiše prisutni.

Ne ču se reč objašnjenja, kao da sve obuze jeza od nečega kobnog, natprirodnog. Radoje vrati fenjer onome od koga ga je uzeo, ponovo zgrabi budak, zamahnu njime, poče da kopa, pa se onda zaustavi, kao da vide da je to uzalud, nasloni se na drvenu držalicu i izgubi se, gledajući tupo u vodu. Mrtvački sanduk njihao se svejednako. Oko mladića se dizale hiljade ruku, samo njegove behu kao privezane; cela varoš radila je oko njega, samo se on osećao nesposoban za najmanji pokret. On nije živeo, nije bio među živima. Njegov pogled iz sumornih, mračnih očiju išao je negde daleko, u beskraj. Njegov nesrećni genije, koji je dotle vladao ovom vodom, ovim planinama, ovim ljudima, stiskao se u njemu kao soko sa skrhanim krilima.

Varoš se spasla, ali od elektrike nije se više poznavao ni kamen. Ljubav koju je Ostojić uživao u čaršiji okrenu se u mržnju protiv njega. Obediše ga čak da je nesavesno rukovao s društvenom imovinom, jer se u kasi ne nađe onoliko novaca koliko se očekivalo. Akcionarsko društvo *Rad i svetlost* pade pod stečaj, a Radoja strpaše u haps. On se opravda. Razlog je bio prost: brana i tunel pored nje bili su glavni radovi preduzeća; naravno da su onda i skupo stali, te se ono malo novaca koliko se moglo skupiti u jednom pokrajinskom mestu, gotovo sve potrošilo.

Pustiše ga iz zatvora. Čast mu se povrati, ali celo njegovo imanje ode na doboš, jer je on najviše nastradao: bio je glavni akcionar. Otišli su oni lepi zidni časovnici u ramovima od orahovine, zlatni lančevi, budilnici što su svirali vojničke marševe, velosipedi, šivaće mašine. Ode čak kuća i imanje.

Višnja ga je izbegavala kad god je mogla. Činilo joj se da je ona kriva za njegovu nesreću. Teško joj je bilo gledati ga kako ide od kuće do kuće, te opravlja satove, lemi minđuše, podmazuje šivaljke.

— Šteta nije bila velika — reče joj jednom kad je srete i povede govor o električnom preduzeću. — Samo je tunel zatrpan i zbrisana spoljna postrojenja. Ono što je najskuplje stalo: temelji, ostalo je nedirnuto. Ja sam i onda to govorio. Ali se svet prepade, i eto...

Radoje nabi kačketu jače na oči, raspali lulu, pa dodade:

— Ja radim da ubedim ljude u potrebu da se ponovo počnu poslovi. Kao što vidiš, šteta je da novac leži zazidan u temelje. Firma za mašine daje mi povoljne uslove. Država ima računa da nam opet pritekne u pomoć... Mi moramo uspeti.

— Šta da radim? — nađe je potom Mileva. — Radoje pije. Da ga svet ne opazi, popije na jednom mestu samo jednu čašu, pa tako izređa do trideset kafana... Kad se napije, uhvati se za telegrafski direk. Tu je u stanju da ostane satima. Ako ga ko upita šta će tu, on odgovara: „Pun sam elektrike..." Šta da radim, kaži mi.

Višnja joj nije znala odgovoriti ništa. Njoj se takođe postavljalo isto pitanje. Njen napor da zameni majku pokazivao se gotovo uzaludan. Dok je bila mala, začudo je lepo radila ženske poslove. Međutim sad: bilo da kuva ručak, jela su ispadala nedosoljena, nesavrela, zagorela; bilo da kupi što za kuću, maloprodavci varali su je, prodavali skuplje, krali na meri, poturali što je rđavo; bilo da uzme što da zakrpi, zakrpe su izgledale velike, ružne. Uzalud se trudila. Njena prava simpatija bila je davno ostavila domazluk i više se nije vraćala. Njen duh je težio za naukom, literaturom, politikom i tako nečim, stvarima koje je slušala, čitala na Velikoj školi.

Jednom prilikom zapali joj se kecelja pored ognjišta, i samo srećan slučaj spase devojku od dalje nesreće.

— Čuješ, Višnjo — reče joj otac kad sazna šta joj se desilo. — Nije to za tebe. Ja to vidim. Hteo sam ti to reći još ranije. Ali nisam mogao da ti kvarim zadovoljstvo. Nego, vraćaj se u Beograd, pa gledaj svoju nauku.

— Ali, tata — poče da se brani devojka. — Ko će kuću voditi, ko će decu namiriti, ko će tebe gledati?

— S uzdanjem u Boga, sve će se uraditi — odgovori joj on glasom koji nije trpeo primedbe.

Kad dođe na Veliku školu, Lazarevićeva se baci na studije vrlo ozbiljno. Ali ne oseti više onu slast studentskog života, koju je osećala prve godine. Činilo joj se da je ne predusreću sa zbiljom koju je ona donela. Đaci su se često šegačili sa najsvetijim stvarima. Pored sve ravnopravnosti, osećala je da ipak nije jednaka svojim drugovima. Nije imala gimnazijske mature, nedostajala joj je muška dubina, jasnost u planu. Profesori su se obraćali skoro isključivo muškarcima. Pohodili su je trenuci sumnje. Niko joj nije umeo tačno reći njena prava kad svrši školu. Budućnost joj je izgledala neizvesna, tamna, pod znakom pitanja. Ona se zaista pitala da ceo taj rad nije besciljan, pitala se šta će ona privrediti nauci, šta će nauka privrediti njoj?

Utom je iznenadi otac da se rešio da se ženi.

— U kući mi je rovaš. Moj mâl se razvlači kao da je Alajbegova slama. Deca su mi neočešljana, neumivena — navodio je otac kao razlog.

Isprosio je njenu drugaricu Milevu, pa je dalje pisao Višnji da se ne ljuti, da dođe na svadbu ako može.

— Neka ti je Bogom prosto — odgovorila mu je ona, otišla zatim u ministarstvo i zatražila da je postave za učiteljicu.

Kako je u tom selu bilo prazno mesto, postavili su je odmah.

Od to doba nije se vraćala u Beograd.

Život joj je prolazio bez događaja. Izbegavala je posete, sastanke. Kad bi se pak i našla u društvu, o ispitima, pri izletima, mesnim skupštinama, ostajala je usamljena. Mladići je nisu voleli, pretpostavljali su devojke koje hoće da se šale, koje dopuštaju da se zadirkuju.

— Hladna je kao testija! — rekao je o njoj jednom neko iza njenih leđa.

Nije mogla biti drugojačija. U tišini seoske samoće, po kojoj ju je pratila tuga od promašene udaje, ona je, protiv svega, nosila u dnu srca uspomenu na mladića koji ju je nekad voleo i koga bi ona mogla voleti strasno i odano. Jasno joj je bilo da on nije više njen i da to ne može biti. Ali se ona nadala da će naći nekog drugog, sličnog njemu, možda još boljeg od njega. Kako bi inače mogla produžiti da živi! U Mlavi su retki Ilići. I dani su prolazili, a za njima meseci, godine.

Spomen na bivšu ljubav održavao je devojku u savršenoj čednosti. Ništa na svetu nije bilo kadro da je skrene sa pravoga puta: muški pogled ni rđav primer, seoska čama ni sablazna knjiga. Zaman je oženjeni kolega, iza leđa svoje žene, pravio slatko lice. Uzalud je opštinski ćata izbrijavao podbradak i rasipao komplimente naučene iz novina. Bez uspeha je i kmet ucenjivao zadržavajući učiteljičinu sirotinju. Lazarevićeva je ostala čista kao kap rose, i čekala budućnost i izabranog muža; čekala ih strpljivo, hladno, kao da nije žena.

Bilo je proleće kad je došla u to selo. Triput je potom glog obelio. Triput se lala zažutela u školskom vrtu. Triput je slavuj propevao u šipražju pored Mlave.

— Na Duhove je naša skupština u Beogradu — reče joj Anica. — Hoćeš li da idemo?

Tada se i po četvrti put glog belio, lale žutele, slavuji pevali. Nova trava klijala je ispod trnja, sneg kopnio po okolnim visovima, vetar donosio miris od ljubičice, proletnja jagnjad blejala, žuborili potoci novi, bezimeni, brzi. Proleće osvajalo, život se obnavljao, na ranama se hvatali ožiljci.

— Dobro, da idemo — prista Višnja.

XXII

Na Skupštini je našla Višnja nekoliko svojih drugarica iz devojačke škole. Među njima je bila i Kaja.

— Lazarevićeva! — kliknula je veselo Kaja i obesila joj se oko vrata, pa je poljubila s obe strane i od srca. — Koliko ima otkako se nismo videle!... Kako si?... Šta je s tobom?... Nešto si omršavela, ali si tim još lepša... Sećaš li se naše škole!...

I ona je zagrli opet prisno i svesrdno.

Između života u devojačkoj školi i sadašnjeg trenutka, Višnji se desilo toliko događaja, da su joj uspomene koje je drugarica spominjala izgledale tako daleke, blede, sitne, kao da se nisu njoj desile, već ih čula iz priča, iz pročitanih knjiga. Dođe joj da reče:

„Šta je tako važno bilo u devojačkoj školi?...”

Ćurkaste devojke, deca koja nemaju nikakvog iskustva, pravile su pošalice na račun jedna druge, trbušati katiheta im se činio vrlo znamenita ličnost, zaljubljivale se u svoje nastavnice.

Kaja nije primećavala zabunu svoje drugarice. Uzela ju je za obe ruke, i ponavljala:

— Pa kako si mi još? Pa šta mi radiš?... Jesi li se svikla na naš život?

Ona je bila i sad mala, živa ženska, još je imala svoj urođeni inteligentni sjaj u očima. Tek, bila se ugojila. Crte na licu odebljale. Vrat joj kao kifla. Nešto mirno, spokojno i zadovoljno disalo je iz cele njene pojave.

— Ti si udata? — reče joj Višnja, osmehnuvši se, pa pokuša da se metne u u njeno raspoloženje.

— Da si živa i zdrava, još prve godine. Moj kolega beše došao takođe pravo iz škole. Zdrav, mlad, ni ružan ni glup, tamo-vamo, pa se mi venčamo pre ispita... Krasan je moj Milisav, videćeš. Ah, evo ga! — dodade mlada žena i pokaza rukom na jednog razvijenog derana, sa ogromnim, seljačkim šeširom na glavi i visokim čizmama na nogama. — Ej, Milisave, hodi da ti predstavim moju najmiliju drugaricu...

Učitelj priđe, dodirnu se šešira ceremonijalno, pruži svoju mesnatu ruku, pa posle prvih pozdrava osu grdnju na režim:

— Parlamentarizam nije ispunio svoja obećanja. Kod seljaka, radnika, građana čuju se samo gorke reči. Alkoholizam, politička ubistva, zelenaštvo, korupcija, sve gube grizu sve klase. Svak se žali na svoje stanje. Nigde nema nikakvog autoriteta. Interesi uplivnih pojedinaca jači su od zakona i reda. Svet se zanima politikom jedino radi ćara. U međusobnim odnosima ljudi su nepoverljivi. Strah od podvale vlada u svima poslovima. Izgleda kao da u celoj zemlji postoji kao osećanje opšteg bankrostva.

— Milisav je anarhista — objasni Kaja bojažljivo. Zatim dodade, da bi skrenula razgovor na drugu stranu:

— Ti si napustila univerzitet?

— Konačno.

— Imala si pravo. Nije to za naše žene! U zemlji gde tri četvrtine naroda ne zna ni čitati ni pisati, veliko znanje smeta. Dovoljno je ako se pročita desetak knjiga, nauči se napamet još dva'estak naslova, slavnih imena i mudrih misli. Inače, žena ispadne učenija od muža — da izviniš Milisave!... Zar nije tako? Sećaš li se, ja sam ti govorila...

Višnji pređe jedna senka preko lica. Ta promena ne izmače mladoj ženi, te skoči na drugi predmet, na svoju školu, na decu.

— Imam troje dece — reče. — Sva tri su muškarci.

Ali Višnju ne ostavi spomen na ono što joj je Kaja rekla pre toliko godina. „Ima", rekla joj je tada između ostalog, „ima stvorenja koja jednog dana uđu u naš život, zauzmu ga i pometu. Zbog njih promenimo svoje navike, ukuse, manire, ideje. Potpadnemo pod njihov uticaj. Ona postaju naši savetodavci, upravljaju nama i zapovedaju nam."

„Kako su se čudno ispunile te gotovo proročke reči", primeti u sebi Višnja gledajući rasejano u svoju davnu drugaricu, koja se nije zaustavljala u priči o svojoj sreći.

Bila se obesila o jedru mišicu svoga muža i govorila ushićeno:

— Naša je kuća jedna mala republika. Svega imamo što nam treba: pilića, prasadi, vina, knjiga. Dan nam prođe kao sat, a sat kao minut. I ja se samo Bogu molim da zaustavi to vreme, da se ne živi tako brzo. Hoću da grickam polako svoju sreću, život mi je kratak, verujem u besmrtnost duše.

Višnja nije bila stvorenje koje zavidi, ali ta sreća doticala je se neugodno. Srce joj se stezalo, njena duša je plakala, a ona se morala smešiti. Stoga pobeže sa sednice čim se Kaja zagovorila sa nekim koleginicama.

Napolju je bilo vedro. Samo je sunce pripicalo neprirodno, te je vazduh bio težak. Učiteljica skide svoj palto, prebaci ga preko ruke, izvi ramena, raširi grudi i duboko dahnu.

Kad se rešila, iskreno se radovala što ide u prestonicu. Zaboravila je mnoge ranije neprijatnosti. Velika varoš na utoci Save u Dunav činila joj se ponovo lepa. Htela ju je pozdraviti kao Branko: „Beograde, moj beli labude!..." Beograd je veliki, mislila je tada, on je kao more: putevi su bezbrojni, život šumi, talasa se, sve je u večitom pokretu. Ali što se parobrod primicao više tome gradu, radost se sušila u njenom srcu, obuzimala je neka sumnja, počeci kajanja, neka neobjašnjiva bojazan, hladna kao jeza.

„Svuda! Svuda… samo ne u Beograd!", šaputao joj je unutrašnji glas. „Ti si došla u njega vesela kao srna, pobegla si s iščupanim srcem. Šta sad tražiš opet?"

Brod je išao čas sredinom Dunava, čas se provlačio između nenaseljenih ostrva. S naše strane uzdizala se visoka obala, sa crvenom, odronjenom zemljom i plavetnim vencem udaljenih planina u dnu. S druge strane, obala je bila niska, pošumljena barskim drvećem crnog zelenila. Po ritovima videle se usamljene rode, vrlo bele. Jedno jato nekih drugih ptica letelo je nebom. Blizu Višnjice, Višnja spazi jednu adu sa šumarkom od rakita i odraslim jablanom na kraju.

— Šta ti je, koleginice? — iznenadi se Anica. — Ti si tako bleda? Da nisi umorna?

— Da, umorna, vrlo umorna… — pokuša ona da zavara znake svoga uzbuđenja.

Poznavala je dobro tu adu, austrijsku stražaru preko puta, vijugav drum i niz telegrafskih direka na našoj strani. Koliko je puta išla tim putem s Ilićem do tog sela, koje je on nazivao njenim, praveći aluziju na sličnost njihovih imena! Jedanput su došli dotle čamcem, koji su najmili od nekih ribara pred kafanom *Šaran*. On je sedeo na krmi i terao čamac vrlo dobro, kao da mu je to zanat, a ona sedela na kljunu prema njemu. Kako je mlaka voda hladila vatru njenih ruku, kako je povetarac duvao svež i šapućući, kako je Čedomir pevušio jednu divnu pesmu! Ostala su joj u pameti samo dva-tri stiha iz sredine: „…I mislio tada — Ko zna kakva sudbina te čeka — I zašto si tako srećna sada!…"

Promicale su okuke, mali zalivi, poluostrva, šibljaci, ribarske kolibe. Beograd je bio blizu, odmah iza brda. Devojka pribra svoju snagu, namršti se, pa se osmehnu prezrivo:

— Koješta! Dokle ćemo biti sentimentalni!… Je li, koleginice — reče zatim glasno — šta ti misliš o sentimentalnosti?

— Ona nije više u modi, slatka moja — nasmeja se stara devojka. — Ona je odviše čedo naših krajeva, južnog sunca i jeftine šljivovice. Severnjaci su nam doneli, sa svojim brezama i saonicama, kult energije, okrutnosti, sebičnosti. Ali...

— Ali?

— Odvratno je i jedno i drugo kad nije iskreno.

U tom razgovoru pojavi se prvo jedno kube sumnjive lepote, pa onda drugo, treće...

— Što u Beogradu vole ove limene sanduke — primeti zajedljivo stara devojka — to je za priču!

Brod obiđe brdašce, i pred putnicima se ukaza cela panorama Beograda sa dunavske strane: varoš je počinjala nešto dalje od obale, iz zelenila koje su sastavljali ritovi, pa se postepeno pela uzbrdo, prošarana vrtovima, poprečnim ulicama i ponekom velikom građevinom. Levo se vidik gubio preko golog Trkališta, pa na Sedam kuća sve do planinskog sklopa oko Kumodraže. Desno, posmatračevo oko zaustavljalo se na pocrnelim zidinama srednjevekovne tvrđave, čija se platna spuštala od vrha brda pa do u same talase Dunava.

Ova slika učini veseo utisak na Višnju. Ona se mirila sa tom varoši, zaboravljala je na rđave časove koje je u njoj doživela; uspomene, one lepše, nicale su oko nje, i ona je bila tad uverena da je Beograd njeno izabrano mesto. Ona dolazi u njega kao stara poznanica. Nju čekaju mnogi poznanici. Znaju je ne samo ljudi, no i mrtva priroda: kuće, ulice, kamenje. Na svakom uglu ostalo je nešto od nje.

To novo raspoloženje držalo ju je sve dok se ne vide s Kajom. Ona htede potom da nadoknadi svoju sreću, da vidi, da poseti sve te stvari, tako usko vezane za nju, da im kaže da se vratila, da postoji, da živi, živi...

Nađe se u Knez Mihailovoj ulici.

Ova ulica je bila još mesto elegantne šetnje. Devojka je volela tu ulicu, verovala u nju. To je bila slabost ove učene glave. Ona je kroz nju gledala svoj veliki Beograd. Po nekoliko puta preko dana izlazila je tu u šetnju u doba kad je mislila reformisati društvo, kad je Zarija Ristić pisao svoje *Grom-misli*, lepi Mlađa nosio karirane pantalone, a emancipovane drugarice grizle perece pored najpomodnijeg sveta na ulici. Činilo joj se da je sve bilo veselo, šalilo se mnogo, na licima nije bilo umora ni briga.

Radoznalo se okretala oko sebe.

Sama ulica nije se mnogo promenila. Podignute su još dve-tri nove kuće. Nekoliko trgovina ulepšale su svoje izloge. Ulične lampe nisu više na stubovima, već su obešene o žicu. Pa ipak, ovo otmeno mesto srpske prestonice učini joj se bedno. Videla je po njemu rabatne čatrlje koje dotle nije primećivala. Veliki ženski šeširi po najnovijoj modi, izloženi po dućanima, grubo su odskakali od tarnica što su se drmale i tresle preko izlokane kaldrme. Svet izmešan, dosta seljaka, a naročito poluseljaka što su amali, taljigaši, nadničari. Od inteligencije, sve neke strane fizionomije. Koga i pozna, čini joj se dalek, hladan, kao okamenotina. Eno Gavrila Petrovića, vuče pet kila knjiga, ubi ga naučni rad, kašljuca već. Eno Petra Gavrilovića, dignuo desno rame, spustio levo, iskrivio se sav, načinio od sebe rugobu samo da bi bio primećen. Nema veselja. Lica se zgrčila, borba za opstanak ih naružila. Retko se vidi jedan muškarac da se osmejkuje. Uspeti, samo uspeti, uspeti po svaku cenu!... Što još zanima, jesu žene, kojih ima mnogo debelih, sa ogromnim grudima, još većim bedrima i sa ponositim izrazom na ofarbanom licu što su takve. Po njihovoj spoljašnosti, neobavešten prolaznik bi se mogao jako prevariti. Ali one su krajnje pristojne, jedno što se nema prilike, ili što se ovde to daje teško sakriti ili, najzad, što i najmanja ljubavna avantura može imati vrlo teških posledica.

Ostavi šetalište, i uputi se ka univerzitetu. Starinska zgrada bacala je i sad debelu senku preko ulice, imala je još nečega prijateljskog i još bila najlepša kuća u Beogradu. Pomisli i sad da u nju uđe, kao u svoj dom. Nekoliko mladića stajalo je oko vrata. Izgledali su joj kao deca. Ona se predomisli, okrenu glavu i produži dalje.

Imala je utisak kao da luta po nekom napuštenom mestu: sve je tu, kuće, ulice, otvorena vrata, vidi se nameštaj, ali ljudi, svet? Nema ih, nigde ih nema. U isti mah, suprotno tome osećanju praznine, obuze je strah da ne sretne jednog čoveka koga za živu glavu nije htela videti. Ipak, koračala je dalje. Nadala se da će se sakriti. Podržavala ju je hrabrost lopova, zanosila ju je nostalgija robijaša koji se vraća svome kraju.

Pred sumrak, nebo se naoblači. Malo posle, udari plaha kiša. Šta to smeta? Ona je išla umorno, tromo, ali sve dalje. Možda je ipak nešto ostalo od nje? Možda će najzad naći nešto svoje? Koračala je teško, leđa je sagla, glavu oborila nisko; nije žurila, a nije, upravo, znala kuda ide.

Na nekom satu izbi osam.

Ona pogleda oko sebe. Nalazila se u jednoj zabačenoj ulici. Noćne svetiljke čkiljele su u zraku punom kiše. Pod njima se belucala crna kaldrma. Bilo je malo prolaznika. Iz obližnje kafane izbaciše jednog pijanicu. On se dočeka na ruke, pa ponovo pade i praćakaše se po blatu. Jedan šegrt naiđe zviždućući, zagleda se u pijanicu i reče mu ozbiljno:

— Ti izlaziš iz *Zdravljaka*? — pa produži put, nastavljajući da zviždi.

Po trotoaru, s druge strane, išle su dve žene, s maramom na glavi, čiji su krajevi bili vezani ispod brade. Na izvesnom ostojanju od njih koračao je jedan čovek ćutke, s kišobranom natučenim na glavu, i izgledao kao senka.

Višnja se strese.

Ona nije videla lice u tog čoveka, ali bi ga poznala u hiljadu drugih po prvoj sitnici. Okrenu se oko sebe. Na nekoliko koraka otvarala se pobočna ulica. Ona skrenu tamo, ubrzavši korake. Kiša je pljuštala. Po kaldrmi se nahvatale mnoge bare. Zemlja se klizala. Pomrčina je bila velika. Na pola ulice zastade da predahne. Tada začu poznate korake. Jedan potok je jurio pored nje. Ona zagazi, i pređe na drugu stranu. Koraci su se približavali.

— Višnja! — ču se glas čoveka koji ju je jurio.

Ona se okrenu. Bila se zaustavila na obasjanom prostoru jedne ulične lampe. Pred njom se pojavi Čedomir Ilić, podignute jake, vrata uvučenog u ramena, isprskan vodom i blatom. Godine su očvrsle njegove mladićke crte. Bio je više čovek, više muškarac. Oni ostadoše za trenutak zabezeknuti jedno pred drugim. Čedomir je skinuo šešir i, nagnut lako, očekivao da mu devojka pruži ruku. Ona mu je pruži, pa štrecnu od dodira: njegovi prsti su pekli kao u groznici.

Tek posle duge ćutnje, usta se otvoriše da izgovore nekoliko banalnih reči.

— Ti si bez amrela? — reče mladić, nadnese kišobran nad devojku i dodade:

— Dopusti!

— Nije potrebno, Iliću — odbi devojka. — Proletnje kiše nisu opasne. Zatim...

— Zatim?

— Ja sam već pokisla, i...

— I?

— Svak od nas ima svoj put.

— Ne govori mi to, Višnja — prihvati Čedomir. — Mi smo još uvek dobri, stari prijatelji.

— Da, stari svakako... i mi starimo, mi sami.

— Ti Višnja? Ti si mlađa nego što si ikad bila.

— Kakav paradoks! — nasmeja se devojka nervozno.

— Paradoks zacelo, ali je istina.

Doista, Lazarevićeva je izgledala vrlo lepa tako u ružičastom sjaju ulične lampe, opkoljena milionima sitnih kapljica, i kao kontrast starom, raskaljanom Beogradu. On ju je još jednom takvu video: u početku njihovog poznanstva, za vreme jedne šetnje kad ih je kiša uhvatila van varoši. On je onda gledao u nju kroz budućnost koja obećava sve, a sad je posmatra kroz prošlost koja se izmiče, otima se našim pruženim rukama.

— Kad smo tako dobri prijatelji — prihvati Višnja — onda budimo otvoreni: bolje je da ne idemo zajedno.

— Mi nećemo naškoditi jedno drugom. Našto onda?

— Varaš se — sinuše plave oči u devojke. — Možda bi bolje bilo da se nikad nismo poznali.

— To je suviše gorko. Budi pravičnija. Mi smo proveli celu mladost zajedno. Mi smo bili vezani prisnim vezama jedno za drugo. Vreme, ćud ili neki glup nesporazum, razdvojio nas je...

— Ne krivi vreme, Čedomire. Ja ne verujem u sudbonosne nesporazume. Ako je ko kriv, to smo mi: ja, ti, naši karakteri, naše nejednake težnje. Ostavimo, dakle, prošlost. Ona se ne vrati, ma je zvao koliko hoćeš. Prosto: piši propalo.

— Da, piši propalo... godine su prošle otkako smo se rastali, ja to znam — produži Ilić tvrdoglavo. — Ali, mi smo još tu, mi živimo. Drugi ne zaboravljaju svoje mrtve, a zar mi živi da se zaboravimo? Ti naročito, Višnja... ti si još uvek tako lepa; Bože moj, ne, to nije moguće, da me više ne voliš!

Oni behu izbili na Terazije.

— Ja ću tramvajem... — primeti devojka.

— Ne, ja te neću pustiti dok mi ne obećaš da ćemo se opet videti — odgovori Ilić energično, i uhvati devojku za ruku.

— Šta mi imamo još jedno drugom da kažemo? — prkosila je Višnja neprestano.

— Imam da ti kažem moj život za ove poslednje godine, da ti kažem: šta sam želeo, a šta sam dobio, šta sam očekivao, a šta dočekao, mnoge stvari koje me tište i koje mogu reći samo tebi... da ti kažem, eto, ako hoćeš... koliko sam nisko pao, najzad.

Devojka pogleda iznenađeno u ovog čoveka koga je volela. On se nije pretvarao. Njegove buljave oči bile su se povukle duboko u svoje tesne duplje... nestajalo ih je, a na njihovim mestima zjapele su crne bezdne, strašne provalije, svetovi očajnika i samoubilaca.

— Dobro — prista ona i pruži mu ruku. — Sutra na ovom mestu, u tri sata. Ti si slobodan?... Evo mi tramvaja — dodade zatim. — Ja ću biti tačna. Zbogom. Laku noć.

— Laku noć.

XXIII

„Nekoliko godina kako smo se rastali", reče u sebi Ilić kad se tramvaj udalji. „Bože moj! A meni se čini da je to bilo tako daleko... dalje nego detinjstvo. Šta se sve za to vreme nije desilo!"

Blaženi egoist, on ju je bio gotovo zaboravio. Oni behu daleko jedno od drugog. On je mislio da se ona udala i da nije ništa sačuvala od spomena na njihovo poznastvo. I, on nije bio nikad siguran da ga ona ozbiljno voli. On nije bio primetio duboki utisak koji je na nju bio učinio. Sudio je površno:

„U meni je volela slobodoumna, učena čoveka. Ljubav je odbijala stalno. Još možda je srećna što se svršilo kako se svršilo."

Višnja je tako prošla, izgubila se u provinciji kao i u njegovom spomenu. Što je onda toliko navaljivao da se opet vide? Šta mu je sad devojka ponovo trebala?... Slučajni susret po tom kišovitom vremenu uneo mu je tek, sa svojom vlagom, nešto malo svetlosti u minule godine.

Otputovao je bio sa ženom u Pariz. Zadržali su se neko vreme u Beču i Minhenu. Savete, kojima su ih obasuli u Beogradu, nisu imali prilike da upotrebe. Na jednom mestu pogrešno su ušli u drugi voz. Dalje, opet, izgubila im se korpa sa stvarima. Muke su videli oko jezika. Ipak, put je bio prijatan. U Parizu su se nastanili u jednom pansionu koji su mu Srbi preporučili. Upisao se na Sorbonu. Izabrao je temu: *O vrednosti života*. Problem mu je izgledao prost: odbaciti metafizičke spekulacije i staviti se potpuno na gledište pozitivističke filozofije. Pronašao je biblioteku, izradio kredit kod jednog velikog knjižara u đačkom kvartu, pa je stupio u veze i s antikvarima na obalama Sene. Zatim se dao na posao.

Učinilo mu se da se ostvario njegov veliki san. Život mnogoljudnog grada svideo mu se. Vrlo inteligentan, vrlo radan, vitak, upečatljiv, uvek budan, on se tu osećao kao riba koja je iz plitke barice dospela iznenada u nepregledni basen okeana. Jurio je tamo-vamo, ispitivao, njuškao, maštao, prezao, odmarao se od svojih lektira praveći raznolika opažanja, i uživao strasno u filozofskim problemima. Kultura mu se nudila na svakom koraku: muzeji, spomenici, pozorišta, pa onda ulice pune sveta, velike dimenzije, širina, sloboda. Mogao je živeti nekoliko vekova a da mu se ne dosadi.

Međutim, Bela se nije mogla da svikne. Teško joj je bilo bez majke. Nije znala čime da se pozabavi, da prekrati vreme kad ostane sama. Francuski jezik nije marila, francusku kujnu još manje. Pasulj sa pastrmom bio je sad njen san, a kisele paprike njen ideal. Te proklete paprike! Šta nisu radili njen muž i gazdarica od pansiona da dođu do njih: tražili ih po pijaci, kiselili sami, kupovali ih po orijentalskim restoranima, ali nikako da budu onakve kakve ih je gospa-Kleopatra spremala o jeseni, žute, pa nakisele, s nešto bela luka. Zbog njih su se prvi put zavadili.

— Dosta s tim paprikama! — viknuo je mladi muž jednom kad se vratio iz biblioteke s glavom punom Lamarka, Keplera, Njutna, Galilea, Drepera, Helmholca, Spensera, Renana, Gerharta, Ampera, Ogista Konta i ostalih prirodnjaka, filozofa i matematičara, na osnovu kojih je hteo rešiti svoj problem. — Izniknuće mi na vrh glave. Jedi šta ti se donese.

— Ja ne mogu ove francuske splačine, ako ti možeš — odgovarala mu je mlada goropadno.

Uostalom, ona je vrlo malo ličila na one tradicionalne mlade sa oborenim očima, koje nam je ostavila u spomenu naša starija literatura. Svojih osamnaest godina, koliko je imala pred svadbu, provela je besposlena, razmažena i više-manje srećna. Ona nije bila spremljena za život, za borbu, za odricanje. Laka i površna, znala je živeti samo za svoje zadovoljstvo i misliti jedino na ono što je prijatno. Svoga muža smatrala je za novu igračku koju je dobila, i koja treba da je pored nje kad god joj se prohte. Međutim, Ilić se bavio dugo van kuće. Kad se biblioteka zatvarala, on je onda počinjao svoje šetnje, kupio je pečenih marona, koji su mu grejali džep, pa lutao po Parizu bez cilja.

— Gde si bio? — predusretala ga Bela kad se najzad vratio kući.

— Šetao sam, razmišljao, mislio na tebe...

— Jest, mislio si na mene koliko na smrt svoga dede!

Svađe su učestale. Najmanji povod bio je dovoljan da ne govore. Ćute po nekoliko dana. Gledaju jedno drugo hladno kao sto, kao stolicu. Jednom nisu čitav mesec progovorili.

— Čudan narod! — govorila je gazdarica svojoj vratarki za njih. — Postelja do postelje, pa se ne pogledaju.

— Des Slaves! Que voulez-vous, ma chère!...

Bela je nasledila od oca tvrdoglav karakter, pa ipak je počinjala prva.

— Čedomire?

— Šta je! — odgovorio bi on zlovoljno, okrenutih leđa.

— Ništa.

Ona ga je volela, te bi se drugi na njegovom mestu možda znao koristiti tom njenom slabom stranom i, kad je potrebno, urazumiti razmaženo dete. Ali Ilić, koji je video svet samo kroz knjige, nije imao mrve praktičnog smisla. Čitao je da žena treba da sluša muža. To mu se uvrtelo u glavu i nije hteo za dlaku popustiti, kao da bi se ogrešio o jedan princip. On je bio suv doktrinar. Zaboravljao je da pored nauke postoji ono što se zove primenjena nauka, veština, politika. On nije znao za obzire, kompromise, shodnosti, relativnosti, uravnotežavanja. Bio je ekstreman, fanatik, nepomirljiv, naprasit. Što se njemu dopadalo, moralo se dopasti celom svetu, pa sledstveno i njegovoj ženi. U protivnom, gluposti koje treba osuditi. Ko zna koliko bi to trajalo, da se stari Matović ne razbole i umre. Ovaj narodni borac, kao i mnogi drugi, doživeo je pred smrt velika razočaranja. Rascep u demokratiji, koji je počeo još kad je on došao na vlast, razvio se do svoje potpunosti. Nekoliko pokušaja da se zavađena krila opet sjedine ostali su bez uspeha. Jaz se širio sve više. Međutim, zemlja je stajala pred velikim radovima. Moralo se izvršiti naoružanje vojske, podići mnoge železničke pruge, razviti jače veze sa inostranstvom daljim od neposrednih suseda. Za to je trebalo izvršiti dve-tri velike finansijske operacije. Našlo se ljudi doista ozbiljnih, ispravnih, koji razumeju svoj posao, a našlo se i nekoliko ljudi, kako je to slučaj u svima pokretima, koji su hteli upotrebiti tu zgodnu priliku za svoj lični interes. Kampanja za kampanjom nizala se. Unosilo se suviše južnog temperamenta, seoske tesnogrudosti. Ko bi tada sudio Srbiju po njenim listovima, dobio bi strašno uverenje o njenim prvacima. Reč „lažov" nije bila dovoljna, već se pisalo „arhilažov". Reč „lopov" nije dovoljno žigosala čoveka, već ga zvali „arhilopov". Gomile đubreta prosipale se iz redakcije svakog dana na Terazije, pa se posle raznosile širom Srbije i Srpstva.

Matović je doživeo i jedan lični poraz. Sastavio je zakonski projekat o osiguranju seljaka od grada i stoke od pomora. Uspeo je da oba projekta ozakoni u Skupštini. U budžet se unese dovoljna suma za početak. Ali oba zakona dadoše vrlo rđave rezultate. Ministar, koji se celog života borio protiv reakcionarnih vlasti, trudio se da u svoje zakone unese što više garantije da vlast ne izigra ove mere. U toj brizi on je smeo s uma reakciju prostih masa, te je sad, mesto vlasti, narod izigravao zakone. Jednu njivicu ovsa, koju je nešto oštetila tuča, procenjivale su seljačke komisije tako visoko, kao da je njiva zasađena smokvom i bademom. Jedna lipsala koza vukla se iz sela u selo i procenjivala se naizmenično pred raznim komisijama dok se ne bi sva raspala. Da se tako produžilo, ceo državni budžet ne bi bio dovoljan da zaštiti narod od leda i metilja! Matović priznade otvoreno svoju pogrešku, ukide oba zakona, dade ostavku na svoj položaj i preminu sa skromnom penzijom srednjoškolskog profesora.

Bračni par dođe u Beograd da prisustvuje pogrebu. Posle se ne vratiše više. Bela nije htela da čuje za Pariz.

— Ja u Francusku? — viknula je kad joj je muž pomenuo put. — Živa neću, a mrtvu me možeš odneti i na Đavolje ostrvo.

Ilić se tada reši da ode sam. Utom, oduzeše mu stipendiju. Bili su pronašli da se vratio bez odobrenja vlade, ili tako nešto. Razlozi, objašnjenja ne pomogoše. Tek docnije je saznao, da vladino odobrenje nije bilo u pitanju ni koliko lanjski sneg, nego je to gospa-Kleopatra uradila na svoju ruku kod kolege svoga pokojnog muža, jer nije odobravala da se Čedomir udaljava od svoje žene. Morao se primiti službe. Dobi mesto u jednoj beogradskoj gimnaziji.

— Po tvojoj glavi ne bi dobio ni Prokuplje! — prišila mu je tašta ponosito. — Ali nisam ja kojeko. Neću dete da mi se muči po palankama. Dosta sam se ja, zbog onog mog ludova, Bog da mu dušu prosti, mučila i patila.

Direktor je bio postariji čovek; nosio je stalno crno odelo, bio je rezervni oficir, brijao se svakog jutra, imao spokojne oči i zamrljan potpis. Dočekao ga je s odmerenom ljubaznošću i odredio mu da predaje latinski jezik i istoriju Srba.

— Zašto latinski, gospodin-direktore?

— Nema ko drugi, mladi gospodine.

— Moja je struka...

— Ovo je državna služba — prekinu ga direktor suvo — ima, na prvom mestu, da se pređe propisan program.

— Moje studije...

— Nemam ništa protiv njih. Vrlo je pohvalno kad ne gubite interes za naukom. Ali to je vaša lična stvar. Mene se ona kao direktora ne može da tiče. Državna služba dolazi na prvo mesto... Propisan program, kao što rekoh. To je što sam imao da vas posavetujem kao mlađeg kolegu... vi razumete?

„Ne razumem", htede reći novi suplent; pokloni se i izađe.

Gimnazijska sredina mu je malo godila. Mnogi profesori behu podetinjili silom svakodnevnog rada s decom. Drugi su se gubili u tričarije, uživali kad bi kod dece izazvali divljenje, strah, ili kad bi kome malom jadniku uspeli da napakoste. Bilo je u kolegijumu mnogo nečeg ženskog, kaluđerskog, licemernog i grubo sebičnog. Ilić se osećao ponižen u svom osećanju kulturnog čoveka. Planovi o povratku na stranu, o dovršetku studija, izgledali su mu nemogući. Pohodile su ga česte sumnje, malodušnosti, gorka saznanja sopstvene nemoći. Počeo je dolaziti u sukob sa kolegama. Bunio se protiv nepravdi koje su činili slabijim od sebe, smejao se njihovoj uobraženosti, vređao ih otvoreno. To je bilo neizbežno. Čovek koji je promašio svoj poziv nesrećan je, on pati, a patnja rađa zloću. Direktor ga je zvao, savetovao da podesi svoje ponašanje prema utvrđenim pravilima, kažnjavao ga opomenom, pretio mu da će ga kazniti ozbiljnije. Ni đaci ga nisu mnogo poštovali, jer su ga kolege panjkale, a i sam je bio kriv: bio je labav, davao je lako dobre ocene, pomeo se jednom u prevodu neke latinske rečenice, pogrešio u godini smrti Stefana Prvovenčanog.

— Ja se ozbiljno brinem za vaš opstanak u državnoj službi — primetio mu je direktor.

Bela je sad imala kiselih paprika koliko hoće, ali, preneta u sitne intrige udatih drugarica, zahtevala je raskoš ministarskih domova, što se slabo poklapalo sa skromnom suplentskom platom. Iz štednje su sedeli kod tašte, koja nije propuštala priliku, a da svome zetu ne pokaže koliko je srećan što ne plaća stan.

— To je velika renta, kao miraz od pedeset hiljada — govorila mu je samouvereno.

Tako sad Ilić nije imao ni svoje kuće, a morao je snositi prebacivanja kao da se njemu učinilo ne znam kakvo dobro. Njegova žena, koja je ranije, dok su bili sami, popuštala prva kad bi se posvađali, dobila je sad u majci sigurnu saveznicu, te se svađama nije videlo kraja. Gubila je i ono malo poštovanja što je dotle imala prema svom mužu, grdila ga, ponižavala, rušila mu svako uvaženje, pa i onaj ponos kulturnog čoveka koji je mladi muž osećao u samom sebi.

To su bili teški trenuci. Nezadovoljan u službi, nesrećan u kući, on je lutao po čitave noći da olakša sebi, tražeći koje ljubazno lice da se razgovori, da odahne, da živi. Njegovi stari drugovi sa univerziteta bili su se rasturili kud koji. Druge nije stekao. Ostao je još Zarija Ristić, večiti đak, večiti zanesenjak, večiti siromah. Bled i ozbiljan, mršav kao avet, sa zanesenim očima, Zarija je lutao po živom, ironičnom i borbenom Beogradu sa izgledom zalutalog pustinjaka. Na sebi je imao okraćale zelene pantalone, crven prsnik i kaput mrk. Da je to bilo novo, izgledao bi da se uvio u trobojku kakve crnačke republike. Vreme, kiša i svakojake prljavštine pretvorile su te bogzna čije oderotine u sivu boju, koja je jezivo priličila njegovom zemljastom licu. Desna mu je ruka visila kao mrtva; svakako je bila paralizovana. Međutim, leva mu je bila potpuno zdrava, i on je njome mahao po vazduhu, kao da bi bolje dokazao ono što je govorio. Prestao je da piše aforizme, pa se dao na poeziju.

— Nauka me nije zadovoljila — objasnio je Iliću. — Krajem poslednjeg stoleća naučari upotrebljavahu metode tako pouzdane; čudni pronalasci, veličanstvena otkrića dolazila su jedna za drugim. Toliko zastora bi podignuto, toliko tajna, zagonetaka rešeno. Mi smo mislili da dolazi trenutak kad će nauka otkriti veliku tajnu, odgovoriti na poslednje „kako" i „zašto". Treba priznati, Iliću, nauka ostade nema pred Nepoznatim, Nekazatim, Beskrajnim. Ja se vraćam srcu da oseti ono što misao moja nije mogla saznati. Zarija mu pokaza jedan svežanj pesama. Razgledao je nekolike. One nisu imale stiha ni slika. Smisao je bio redak gost njegove muze. Avet ludila se pomaljala kroz njih. On je pevao: „Ja se smejem, moram da se smejem — Bog je rek'o: moram da se smejem". Ti sastanci su Ilića raznežavali i odobrovoljavali. Pokušavao je da se metne iznad svega, da živi povučeno, za svoj račun, u sebi, među svojim knjigama. Sedao je ponovo za svoj sto i nastavljao svoju raspravu. Neodređena slava bi opet zalebdela pred njegovim očima. Ljudsko srce mu izgledalo preusko za njegov san i misli. Ponovo je počinjao da živi.

— Je li, zete, ti znaš francuski... — primetila bi mu tada tašta. — Što ne počneš nešto praktičnije? Prevedi kakvu zanimljivu stvar. To se plaća. Dokle ćeš se, boga ti, zevzečiti sa tom tvojom filozofijom!

— Zevzeči se sama! — viknuo bi profesor.

— Geače!

— Matora suludo!

— Nemoj da mi vređaš majku — umešala bi se Bela. — Inače...

— Inače?

Bela nije smela ići do kraja svoje pretnje, te ju je majka dopunjavala:

— Čisti se iz naše kuće!... Još da trpim kojekakve trutove!

Na kraju jednog takvog razgovora, on se reši. Nije mogao više izdržati. Poruči jedna kola, strpa u njih jedan deo svojih knjiga, što bi dovoljno bilo drugom čoveku za ceo život, ostavi sve drugo. Kad se kola htedoše krenuti, Bela istrča u dvorište i stade preklinjati muža da ne pravi skandala.

— Ostani, Čedomire — govorila mu je žalosno i nežno. — Ja ću to izgladiti. Majka se ne sme mešati u naše stvari.

— Mani se, Bela! — viknu joj majka s praga velike kuće. — On nije bio prilika za tebe, geačina valjevska. Bestraga mu glava! Ilić mahnu rukom kočijašu da polazi, i više se ne vrati svojoj tašti ni svojoj ženi.

Dok je on tako prebrojavao svoje nesreće poslednjih godina, električni tramvaj je nosio drugaricu njegovih mladih dana u pravcu Vračara.

Anica ju je čekala na kapiji.

— Šta je s tobom, Višnja? — dočeka je. — Ozbiljno sam se uplašila. Gde si bila po ovoj kiši? Nigde te nisam videla na skupštini. Mislila sam da si se vratila kući. Tetka mi reče da nisi dolazila. Znaš li koliko je sati?

— Izvini, koleginice — odgovori joj devojka molećivim glasom. — Nije bilo namerno...

— Nema šta da te izvinjavam. Ti si ovde slobodna, kao kod svoje kuće. Nemaš čega da se ženiraš. Tetki si se jako dopala. Veli, krasna curica. Nego, kažem ti — podvuče stara devojka — strah me je bilo za tebe. Ovo je velika varoš, a u njoj ima zlih ljudi. Da ti se što neprijatno nije desilo?

— Ne, nije ništa — nasmeja se Višnja silom. — Razgledala sam prestonicu. Mi smo stari poznanici.

Uskoro sedoše za večeru.

To je bila skromna kuća jednog državnog puškara u penziji. Domaćica, žena preko šesdeset godina, još durašna, trudila se, kako samo može, da ugodi svojim gostima. Večera je bila obilata, bilo je i slatkiša, pa i vina. Stari puškar, koji je zadržao nešto od svoje službe u vojsci, trudio se da nadoknadi damama oskudicu u kavaljerima i bio je zaista divan sa svojim, nešto zastarelim, gestovima i učtivostima. Puškarka se već brinula šta će sutra lepo skuvati za ručak, te je pitala svoje gošće šta više vole: kiselu čorbu ili supu s knedlama, ćevap u dunstu ili ćurče na podvarku.

— I jedno i drugo — odgovarao je starac na postavljeno pitanje. — Niko nas ne tera, pa ćemo da jedemo ponajlak. U turskom ratu Vera Pavlovna, sestra Ruskinja, što je volela našu kujnu, bilo je za priču.

Višnja je malo jela i govorila tek koliko da ne pokvari raspoloženje dvoje starih. Anica ju je posmatrala ispod oka, pa joj reče kad ostadoše same:

— Nešto si nevesela, Lazarevićeva?

— Ne! — odbi ona usiljeno. — Zašto da budem nevesela?

Stara devojka je uhvati za ruku.

— Slušaj, slatka Višnja — reče joj. — Ja znam gde si bila. Ne pokušavaj da mi poričeš: ja sam prošla kroz tvoje doba.

— Šta hoćeš time da kažeš?

— Ti si lutala po Beogradu, tražila si sebe, svoje, vreme što je prošlo. I vratila si se nesrećnija nego kad si pošla.

Devojka pokuša da ne prizna istinu.

— Veruj mi, mi smo sve imale doba kad je život, kao istočnjačka princeza pred sudom rimskih legionara, pružao ruke pune lažljivih obećanja, mi smo takođe imale ambicioznu mladost, srca vrela, slutnje prve uznemirenosti, devičanske nade i beskrajne snove. Sve to ima svoje vreme. Opasno je dugo maštati, toliko misliti, toliko tražiti; bolje je pristati na život, pustiti se u njega. Jer, kakav da je, život postoji, on se ne može menjati u svojoj suštini, mi smo prinuđeni primiti ga. Da, vreme prolazi, i jedanput dođe trenutak kad se mora imati hrabrosti i prekinuti nakratko sa svim maštarijama.

Kuća je bila mirna. Napolju se noć širila, vedra i ćutljiva. Ta prostrana tišina pritiskivala je mladu devojku.

— Udaj se, draga Višnja — produži Anica. — Udaj se što pre. U životu su retki ponovni sastanci. I zatim, jedno od drugog rastaje se, ne razumevši se. Samo u svetim knjigama govori se o vaskrsenju. Ali ima nešto bolje. Ponekad život izvede svoje misteriozne puteve na široka mesta obasjana rumenilom zore i srebrom prvih sunčevih zraka. To su prijatna zakloništa, zasađena lisnatim drvećem, ispod kojih se nalaze klupe za odmor. Zašto se ne zaustaviti na tom mestu, zašto ići dalje i pitati nesigurne horizonte za nečim što više nije naše? Zašto pustiti da dani i godine prolaze? Jer mladost ide, brže nego što se misli, a sa njom i sva mogućnost da budemo srećni.

Drhteći, Višnja je gledala u svoju drugaricu i nije reči mogla reći.

— Udaj se, slatka Višnja, ne razmišljajući suviše, ne tražeći mnogo. Ne treba da te je strah da ćeš biti katkad nesrećna; to je opšti zakon; svako je nesrećan ovda-onda. Ono od čega treba da se bojiš jeste da ne budeš... kao ja, nesrećna zauvek. I upamti, svet je vrlo zao prema onima koji nisu imali sreće.

Lampa u sobi je osvetljavala rđavo. Po kutovima se dizao mrak. Nasta jedan trenutak potpune tišine. I dve se žene zagrliše, trudeći se da uteše jedna drugu.

XXIV

Kažu da na sastanak ljudi dolaze uvek nešto ranije, a da žene zadocne stalno. Čedomir je potvrdio ovo pravilo, dok mu je Višnja bila izuzetak. Ona je održala reč i došla tačno. Baš kad skazaljke na satu jedne obližnje časovničarske radnje pokazaše tri, ona se pojavi pred Dvorom. Išla je odmerenim korakom i gledala preda se. Na pola rastojanja ona podiže oči i spazi Ilića. On joj priđe sa čežnjom i strahom, i posle prvih pozdrava mogade joj reći tek:

— Kuda ćemo?

— Kuda hoćeš — odgovori ona nešto hrapavim glasom. Zatim dodade blaže: — Do predveče nemam nikakvog posla. Možemo načiniti lepu šetnju.

Udariše prvom pobočnom ulicom koja se otvori pred njima. To je bio dosta širok sokak, koji je, iza leđa Dvora, vodio pored Batal-džamije pravo na varošku periferiju. Višnjine zagasite oči sevnuše iznenadnim sjajem. Da li se seti da je u toj ulici prvi put videla svoga dragana sa njegovom docnijom ženom? Da li oseti žeđ za osvetom ili svirepo zadovoljstvo što su sad svi troje nesrećni?... Ulica je ostala gotovo ista. Dva niza sniskih dućana i neuglednih kafanica graničili su je s obe strane. Škripala su volujska kola. Rđavo obučeni seljaci trapali su u opancima kao posred sela. Tek, konjski tramvaj zamenjen je električnim, a na poljani Batal-džamije kopani su temelji jedne javne građevine.

Devojka ne pomenu ništa. Čedomir se svakako ne seti. Ćutali su. Prođoše tako dobar deo ulice. Posle se spustiše u Palilulu preko Groblja svetog Marka, koje je bilo zaraslo u podivljalo cveće. Pred njima se pojavi široka traka Dunava.

— Ti si odsela na Vračaru? — prekide tišinu mladi suplent.

— Da. Kod tetke moje koleginice.

— Koleginice iz sela?... Kako ti je u selu?

— U selu je dobro svakome koji od njega ne traži više nego što ono može dati — odgovori ona polagano. — Živi se bez velikih briga. Dužnosti nisu teške. Ima se dosta vremena. Čitam, posmatram, razmišljam, učim decu, svaki dan ispunim korisno.

— I ti si srećna? — prekinu je Ilić.

— Ne znam, može biti. Na sreću retko mislim; ona mi se čini suviše neodređen pojam, mislena imenica. Ali...

— Ali?

— Ali sam zadovoljna — zamuca učiteljica — zadovoljna u svakom slučaju.

Pa kao da htede uveriti sebe, potvrdi:

— Zašto da ne budem zadovoljna!

— To je opet sreća... neka vrsta sreće. Danas je malo zadovoljnih ljudi. Retki su kao bele vrane. Sadašnjica nudi jedva predmete za radost. Današnje doba... Pardon, izvoli napred — dodade on i skloni se u stranu.

Ulica je na tom mestu bila raskopana. Od poslednjih kiša nahvatala se čitava bara. Neki dobričina namestio je brvno. Devojka stupi napred. Za njom pođe Ilić i osmotri je celu. Video je sad jasno što sinoć u mraku nije mogao. Njegova dragana nije bila više šiparica kakvu ju je ostavio. To se primećavalo po delovima toalete, u kojoj je bilo nešto sračunatosti, po sigurnom koraku koji je pravila, po očima što se nisu dale zbuniti, po obrazima koji se više ne rumene na svaku sitnicu, po divno dovršenom telu koje je izdavala cela njena pojava.

„Volite se već celu mladost. A ti ne vidiš, ti nisi video to telo", šaptao je u sebi, „to lepo telo, te čarobne prevoje i kutove..."

— Šta ti imaš protiv današnjeg doba? — nastavi ona razgovor življe. — Nije li ono kakvo si ga hteo, za kakvo si se borio. Ubijen je kralj tiranin, osigurana je sloboda štampe, ustavom su date sve građanske garantije. Narod bira svoje predstavnike, a ovi postavljaju vladu.

Bili su prešli preko brvna. Išli su sad zajedno. Njena plava kosa, očešljana na razdeljak, pravila je vrlo zgodan okvir njenom lepom licu. Njene oči milovale su kao svila. Jedno dugme na bluzi bilo se otkopčalo, te se videla koža bela, istačkana zlatnim maljama. Ona uzbudi celo njegovo srce, on htede zaboraviti sadašnjost, pritisnuti je na grudi, reći: „Moja Višnja, moja lepa, moja stara Višnja." Ali se svlada, pa nastavi govor o politici:

— Sloboda štampe je izigrana. Trgovci su se uselili u njen hram. Javnu reč je zaglušilo piljarsko „ko dâ više". Zborovi su samo pozornica, rešenja se donose iza kulisa; obrazovana su udruženja koja nijedan zakon ne može odobriti. Sloboda je pojela svoju decu.

— Iliću?

— Građanske garantije vrede koliko paklo duvana, pomilovanje s robije, najviše, možda, kakvo činovničko mesto.

— Govoriš kao krajnji mračnjak.

— Bože sačuvaj, ja nisam reakcionar, ti to znaš. I kad ti govorim ovako, ne znači da odobravam ono što je ranije bilo. Govorim, jer me današnje doba boli, jer su se žbiri ispilili u narodne ljude, u rodoljube, jer naše vreme nije ono što smo hteli, i mi smo se gorko prevarili u sistem parlamentarnih vlada.

— Kako? — začudi se Višnja.

Ona je išla pored njega laganim korakom i stroga. Njenom pratiocu činilo se kao da ti koraci ne dodiruju zemlju; ukrašena mnogim uspomenama, ona se izmicala javi, ona mu je izgledala kao bajka koju mu prošlost crta u igri proletnjega sunca. Gledao ju je; u srcu je osećao kao neku pesmu, radost što je vidi, što je tu pored njega, slast što je zaljubljen više nego prvi put kad su prošetali sami.

— Šta rekoh? — sakri on svoje uzbuđenje. — Da, izvršna vlast, vlada, treba da predstavlja u suštini celokupan narod, njegove stalne i opšte interese. U Srbiji, ni senke od toga. Ministarska odgovornost pred parlamentom onemogućava ulogu ministara, izvrće ulogu poslanika. Ministri nemaju iza sebe nikakvog solidnog oslonca, ostavljeni su milosti zakonodavnog tela. Da bi ostali na svom mestu, ne mogu često imati svoje „ja", braniti ono što misle da je najbolje, najkorisnije, najpravednije, boriti se protiv onoga za što su uvereni da je rđavo i opasno. „Ostati na vlasti" postaje im jedina deviza, a poslanici vladaju, upravljaju, postavljaju, mešaju se u sve grane državnog života.

Na tom mestu trotoar je bio uzak. Njihova se ramena dodirnuše. Čedomira taknu u srce nadzemaljska milina. Devojka pored njega imala je zelenkast žaket koji je vrlo lepo dolikovao njenoj plavoj pojavi. Ispod žaketa videla se muselinska bluza; laka materija drhtala je pri svakom dahu i pokrivala božanstvenu bistu i njene dve zabranjene ruže.

— Sa svoje strane — produži on — uprkos svega, poslanici ne mogu da se opredele jer se stalno nalaze u nedoumici: da li da glasaju po svom ubeđenju, pa da obore ministra koji ne deli to mišljenje, ili da glasaju protiv svoga ubeđenja, pa da sačuvaju ministra. Tako se izvršna i zakonodavna vlast sukobljavaju, ukrštaju i izopačavaju, mesto da vrše funkciju propisanu zakonom. Otud dolazi stalna pometnja, anarhija, jalovost u državnoj upravi. Ako je skupštinska većina homogena, ide se do otvorenog despotizma, a ako se obrazuje koalicija, svaka frakcija eksploatiše u svoju korist parlamentarnu svemoć. Treba li se odreći te koristi kad je u pitanju država i viši interesi, do đavola država i viši interesi!

— Tu je narod, kome njegovi predstavnici moraju položiti račun — primeti Višnja. — Narodna je reč presudna, narod je suveren.

— Narod su birači, drugarice, a birači su ljudi. Svaki od njih ima po jedan sitan, a za sebe kapitalan interes. Briga za svakidašnjim hlebom gospodari nad svakom drugom brigom kod najvećeg broja lica. Njihova mišljenja, naročito kad se tiče politike, zavise od njihovog materijalnog položaja. Njihove simpatije idu neizostavno onima koji ih favorizuju, pomažu, koji im daju, ili bar obećavaju, kakav dobitak. I, veruj mi, oni dobivaju. Pre neki dan reče mi jedan narodni otac da mu je jedan birač tražio da kupi šešir njegovoj ženi.

— I on ga je kupio?

— Kupio. Veli mi, taj mi nosi pedeset glasova. Dao je dve banke za šešir.

— Po dva groša od glasa!

— Tako se građanska prava žrtvuju... da, za dva groša; viši interesi zemlje iščezavaju u korupciji, u neredu, u anonimnoj tiraniji, u ordinarnoj licitaciji koja se lažno zove „vlada naroda".

— Šta je lek tome? Šta bi moglo zameniti parlamentarizam? Nisi valjada nihilist?

Ilić se osmehnu:

— Ne znam. Nazovi me kako hoćeš. Izmenjao sam sve ideje. Više nemam nikakvog političkog ubeđenja, ne verujem više u politiku.

U tom trenutku, oni su išli duž nekoga zida, preko koga su se spuštale procvetale vreže od tikava. Varoš se gubila. Nastajale su njive. Koža se sad rumenila ispod otvorene bluze. Video se i jedan mrk mladež.

„Ah! kako je lepa!", reče u sebi i poljubi to mesto očima.

Kad bi ona bila njegova, mislio je dalje, postao bi bolji čovek. Činilo mu se da bi u njoj našao ono nešto neodređeno što je večito tražio. Dolazio bi uredno u školu, zadovoljavao bi se divljenjem dece, radovao bi se što ga kod kuće čeka dobar ručak, sa uživanjem bi

računao na prvi od meseca, kad se prima plata. Kad bi ona bila nje-
gova, neumorno bi radio na započetoj tezi. Šta bi ga se ticalo što ne
bi postao profesor univerziteta, slavan čovek! On bi živeo prijatno,
dao bi njoj sve što bi imao, ona bi uživala u njemu, on bi mogao
obviti ruke oko njenog struka, zavući glavu među te dve rascvetale
ruže što se kriju u borama muselina i ljubiti do mile volje njenu kožu
čas rumenu, a čas belu.

— Kuda idemo? — upita ga ona.

Put se bio izgubio. Pred njima je stajala jedna železnička pruga.

— Tu blizu, gde ponekad idem kad sam sâm. Ima jedna istorijska
česma i dobra ladovina. Eto je odmah kad se pređe ova bašto-
vandžinica, kod onog dolapa, pod obalom.

Pređoše preko pruge i uputiše se u obeleženom pravcu stazom
obraslom u travuljinu.

Čedomir je gledao pravo pred sobom. Pozvao je ovu devojku da
joj ispriča potanko kako se oženio, da joj objasni kako se to desilo, da
olakša sebi sve nesreće koje su mu pritiskivale srce i koje je samo njoj
mogao reći. Ali su njega sad oduševljavale druge misli, obuzimala ga
je vatra, osećao se zadovoljan što je tu, pored nje, što je ona blizu
njega, što posmatra njenu usku suknju, njenu plavu kosu, prosto
spletenu. Pa ipak, po bolesnoj sklonosti svoje duše, on se ne dade
da ga zanese ta struja novih nada, nego ispriča drugarici ukratko sve
šta mu se desilo otkako su se rastali. Ukoliko je izlagao pojedinosti,
osvajala ga je čama, dosada, mrzovolja.

— Eto tako — zaključi — otkako smo se rastali, tera me neka
nesreća, sve mi je pošlo naopako.

Trudio se da ne izgleda bedan, ali neki prkos protiv samog sebe
terao ga je da se izlije pred svojom starom prijateljicom, ma po cenu
da se ponizi.

— Uostalom, meni nije ništa pravo. Sve me buni. Niko me ne
voli. Sâm sam.

Htede još nešto reći, ali oseti da mu glas drhti. Jedno jato vrabaca kreštalo je levo u trnjaku. On se okrenu tamo tako da mu se lice nije videlo, jer se bojao da joj ga pokaže. Da li to Višnja primeti? Da li pokuša da ga spreči i da mu ulije hrabrosti, kad mu primeti:

— Ti preteruješ. Ti si se spotakao o prvu smetnju i sad očajavaš. Ne treba biti tako osetljiv na neprilike u životu. Ti si mlad. Treba ti vremena. Ti si poznat u tvojoj generaciji. Ljudi znaju tvoju vrednost. Posle ovih vremena ti ćeš videti druga.

— A dotle?

— Jedi zadovoljno državni hleb.

— Ti mi se rugaš?

— Ne, Iliću. Kažem ti da imaš strpljenja. Ti ćeš uspeti. Treba ti da stvoriš koju vezu...

— Koja vajda! Oni od kojih sam očekivao dobra behu nesposobni da mi ga učine, a oni od kojih sam očekivao zla, najzad su mi ga učinili.

— Bori se! Borba za opstanak usavršava, oplemenjava.

— Da. Ja to znam. I ja primam borbu. Ja sam naoružan znanjem cele naše epohe.

Višnja se promisli da li da mu kaže pravu istinu. Najzad reče:

— To nije dovoljno. Knjige su suvo znanje. Daju ti moć da razumeš stvari, ali te zavode svojom neprirodnom logikom; pune ti glavu svojim nepromenljivim zakonima; govore ti o ljudima samo kao o odvojenim tipovima; u njima ne postoji Juče, Danas, Sutra, Beograd, Savamala, Petko Stokić ili kako se ono zvaše tvoj direktor. One znaju samo za vreme, za prostor, sisare, preživare, za opšte stvari. One su kao fenjer obešen pozadi lađe, koji osvetljava pređeni put, a ni koraka unapred, jer se život ne ponavlja, kao što se ni jučeranji dan neće vratiti nikad. Gledajući u knjige, ti živiš zatvorenih očiju, praktičan život izgleda ti sitničarenje, ne vidiš šta se oko tebe događa, ne možeš ništa da izbegneš, sve ti se dešava, ništa ti ne ide u korist.

Ilić pogleda začuđeno u svoju drugaricu.

— Otkad ti posta takva neprijateljica knjiga? — reče joj. — Propovedaš krstaški rat...

— Ja nisam njihova neprijateljica, Bože sačuvaj. Našem narodu treba mnogo da čita, da se prosvećuje, da se uči; on je gotovo ceo nepismen. Eto to, taj fakt, to žalosno stanje u kojem se nalazi naš svet, ne treba gubiti iz vida. Jer naš svakodnevni život i mi sami nalazimo se u uskoj vezi i solidarnosti sa zemljom u kojoj smo rođeni, sa rasom čiji smo sinovi i istorijom koja je izradila našu sudbinu. Oni su nas od našeg ulaska u život namestili na kolosek koji ne smemo napuštati, pod kaznom da se ne prevrnemo. Kao što ne možemo negovati pomorandže po Avali, tako se ne možemo oružati „znanjem cele epohe", kako ti hoćeš. Moramo se zadovoljiti manjim. To znanje premaša dužinu jednog života. Te ciljeve treba ostaviti deci srećnijih naroda. Oni su za nas još luksuz, još nemogućnost, čista šteta za vreme koje se na njih potroši.

— Objasni to malo prostije.

— Eto, nama trebaju dobri radnici, zanatlije, agronomi, učitelji, oficiri, profesori. Međutim, ti si to prevideo, ti si izgubio meru, preterao, zatvorio si se u kulu od slonove kosti. Ti si rđavo razumeo okolinu u kojoj živiš.

— Rđavo razumeo?

— Da. Ti čekaš, gladan i žedan, nagradu za tvoje filozofske spekulacije, a oko tebe diže se vihor, zauzet jedino materijalnim interesima, bruji život gde novac gospodari svima pitanjima, caruje individualizam koji ruši familiju, državu, vodi se politika koja izdiže mahom mediokritete. Ti očekuješ predusretljivost i veličanstvene umove, a tebe vreba farisejstvo i glupost.

— Fraze!

— I fraze su nešto kad su tačne. Ti se pojavljuješ među nama kao usijana glava, kao sablast iz starinskih romana. Ćifte vežbaju svoju pamet na tebi i daju svoje mišljenje o tvojim postupcima. S vrha do dna društvenih stepenica odigrava se ista komedija; lukavstvo zamenjuje snagu, i, pomoću više ili manje veštine sa kojom se ta komedija igra, čovek dobija simpatije ili antipatije, glas mudraca ili glupaka.

— Nemoguće, Višnja. Sad ti preteruješ. Ja verujem, protiv svega, u progres, u čovečanstvo. Ne mogu da primim da je vaseljena stvorena radi gomile glupaka.

Devojka steže usne, kao da traži snage, pa nastavi:

— Kad sumiram sve što sam videla, poznala, iskusila, račun ispada vrlo nepovoljno po tvoj progres i čovečanstvo. Ti si neprijatelj, ne znajući toliko ljudi, koji su, opet, tvoji neprijatelji. Mi se satiremo uzajamno, ne znajući zbog čega, i mi ćemo proći ceo naš život u nemiru i svađi. Mi živimo u zemlji usitnjenog demokratizma i neprosvećene administracije, gde se velika smelost ne poklapa sa opštim skepticizmom. Kod nas bi Napoleon bio isteran iz podoficirske škole, Njutn bi jedva dobio za telegrafistu, a Miržeovi čergaši završili bi na popravci u Topčideru.

— Otkud ti ta praktičnost? Poviaš se, dakle, prema vetru? Izgubila si sve principe.

— Principe! Principi su za decu, za školske klupe. Izuzeci, malenkosti, protivurečnosti, slabosti, pogreške dovele su me na jednu tačniju ocenu sveta i same sebe: ja sam se spustila na opšti nivo.

Ilić ne odgovori ništa. Bili su došli do onog dolapa, pa se spustiše niz jedno brdašce. Pod njim je žuborila ozidana česma na dve lule. Na zidu je bila ostavljena rupa za čašu ili sapun, a iznad nje nalazio se uzidan krst od crvenog kamena na kome je izrezan natpis: *Vilina voda 1848*. Sedoše na zid jedno prema drugom. Između njih je pevušila voda kroz lule, padala u nizak bazen i vraćala se otud u vidu niske vrlo sjajnih mehurića. Suplent je valjao u mislima ono što mu je drugarica rekla i ponavljao u sebi:

„Opšti nivo... opšti nivo!... Nije to rđavo. Čovek ima svoju kuću, slatko ruča, kupi ženi papuče. Jest, može da ima ženu lepu, prijatnu, eto takvu kao što je Višnja. Ona sigurno ima vrlo lepo telo, poznaje se kako je sela."

— Ti reče da dolaziš češće ovde? — upita ga ona.

— Da. Navratim koji put. Ovde je prijatan zalazak sunca. Ružičasta prašina obujmi predeo. Sunce se izgubi takoreći pre nego što zađe. Katkad se desi da njegova kugla pada baš za onim dimnjakom od strugare, pa dimnjak izgleda kao presečen, jedna mu polovina visi u vazduhu.

— Dolazi li još ko?

— Retko. Neke Švabe love po ritu. Ja ne volim lov. Onomad me je jedan primer dirnuo. Lete dve bele ptice jedna za drugom, kao dva dobra druga; puče puška; jedna od njih opusti krila i pade u rit; ona druga prhnu u vis, pa se vrati, načini dva-tri kruga iznad mesta gde je pao leš kao da ga traži; puče druga puška; ptica se izvi nad Dunav, odlete u vazduh i više se ne vrati.

— Žao joj je bilo svoga života! — primeti Višnja polako.

Mladić ne odgovori. Pričajući, bio je dignuo glavu i gledao u nebo. Devojka je opet posmatrala rit, Dunav, svetao vazduh, kao da je tražila dve bele ptice. Njihovi pogledi se susretoše.

— Daj mi tvoju ruku — reče on.

Ona mu je dade. Oko njih je bio mir, onaj duboki poljski mir koji ne ruši cikanje popaca, kreštanje žaba. On je uze i za drugu ruku. Po bašti su cvetali patlidžani. Rit je bio pun zelene trske. Nekoliko jablanova, posađeni u red, stajali su nepomični. Srebrnu traku velike reke nije kvario nikakav brod. Od Beograda se videla samo ona strugara i još nekoliko nejednakih fabričkih dimnjaka. Čudnog oblika, kućica za crpenje vode na obali pružala je svoju gvozdenu ruku kao neka ružna dobričina. Nebo oprano jučerašnjom kišom plavilo se duboko, u beskraj. Vazduh je bio providan i blag. Nije se osećalo ni najmanjeg vetra. Sve oko njih izgledalo je kao da se unelo, upilo u neko nadzemaljsko zadovoljstvo.

— Hoćeš li da budeš moja žena? — upitao je on.

Njene ruke zadrhtaše u njegovim, pa ga stegoše, zadrhtaše opet, i stegoše. Predeo je bio pust. Vlažna poljana disala je novom, velikom nadom.

— Što mi to ranije nisi rekao? — upita ga ona drhtavo.

— Ne znam da li se sećaš... onog dana kad smo se sastali posle dugog razmaka... ti si imala veliki cvet... na železničkoj stanici se formirao jedan voz... ja bejah gotov, i ja te pozvah.

— To ne beše ništa određeno — primeti mu ona, sa nesakrivenim prekorom.

Ona je još volela Čedomira; ona je samo njega volela. Pored svih mana, on je bio njoj najbolji, najvredniji, najmiliji. On ju je gledao zanesenim očima. Njegovo lice nije imalo sjaj prve mladosti. Bio je izmršaveo. Po ubledelom čelu povlačile se bore, a u zulufima se presijavalo nekoliko belih vlasi. Ostale su mu ipak njegove buljave, crne, mokre oči, nečeg detinjskog u osmehu što mu ga je izvajala dobra nada, i što se čudno mešalo sa prvim crtama zrelih godina. Devojka ga nikad lepšeg nije videla. Njegov pogled ju je zanosio, njegove reči je opijale, njegove ruke su je vukle k sebi.

„Šta je ovo meni?", pitala se ona. „Tamo vilinsko kolo, ovde vilinska voda, sve neke mađije."

Doista, ona se osećala kao očarana. Ilić joj se činio tako blizak, tako prisan. Nije osećala pred njim nikakvog stida. Htela je da mu se preda odmah, tu, na toj prostranoj poljani. Njegove usne zatvoriše njena usta. Ona oseti bol, gotovo fizički, onaj isti koji je osetila kad joj je uzeo prvi poljubac. Ona ga odgurnu instinktivno.

— Dockan, Iliću — reče zatim. — Tvoja žena je još tvoja.

On pokuša da ospori njen razlog; navede da je parnica povedena, da će se brak raskinuti.

— Da čekam i da ponovimo celu našu istoriju iz početka!

— Nema šta da čekamo. Ostavićemo Beograd, Srbiju. Otići ćemo u Crnu Goru, u Bugarsku, Rusiju. Naš će biti ceo svet. Praviću šećerlemu, prodavati perece; šta to mari ako ti budeš moja žena! Ja sam kadar da radim za dvoje.

— Ti zaboravljaš opet stvarnost. To se događa u dramama i romanima. Nemoguće, Iliću, nije to više za nas, nismo više deca. Bilo i prošlo.

On pokuša još jedanput. Ona zatvori šaku, kao da steže nešto tvrdo; zatim je otvori polagano, pa izvrnu, kao da prosu ostatke, prašinu, pepeo.

— Ne govori mi više ništa — reče, ustajući. — Ja te molim. Ne prati me. Ja ću se sama vratiti... Mi se nećemo više videti. Nikad! Zbogom.

Postala je ona stara Višnja, kojoj je moral patrijarhalne kuće zabranjivao svako popuštanje od pravog puta. Koračala je brzo, ali sigurno, i izgubi se ne okrenuvši se.

Vratila se odmah u selo. Prekinula je nakratko sa celom prošlošću. Dala je reč svojoj drugarici da joj provodadžiše za prvu priliku koja im se dopadne. Nijedna mučna misao nije mutila njenu dušu. Posao joj se milio. I vreme je provodila lako, radeći u školi pojačano, skupljajući po selu motive sa čarapa, uskršnjih jaja, drvenih kašika, agitujući među seljankama za otvaranje domaćičke škole.

XXV

Kad Višnja ode, Čedomir osta za jedan trenutak gledajući u pravcu gde se ona izgubila. Zatim se okrenu oko sebe, kao čovek koji gubi ravnotežu i traži da se za šta uhvati. Žabe su kreketale, popci i skakavci zrikali. On se uputi pravo preko njiva. Išao je, kao mrtvac, ne znajući kamo. U jednoj praznoj ulici spazi svoju ženu. Ona ga nije videla, išla je oborene glave i hramala jače nego ikad. Dotle su prkosili jedno drugom kad se sretnu. Danas je Ilić imao najmanje volje za to, te se skloni u prvu kapiju. Matoviće je bila zadesila nova nesreća. Mladen, koji je još nešto slušao dok je stari ministar bio živ, promangupirao se sasvim, izgubio pravo na dalje školovanje, pobegao sa dva zanata. Najzad, gospa-Kleopatra izradila mu je mesto praktikanta u Rači Kragujevačkoj. Tu se pre neki dan potukao sa jednim varošaninom i udario ga tako strašno nožem u trbuh da ga je poslao na onaj svet, pa posle umakao i uspeo da prebegne u Tursku.

Ilić stiže dockan kući, pa sutradan javi direktoru da je bolestan, te ne može dolaziti u školu za neko vreme. Znao je da mu se neće verovati.

„Šta me se tiče!", rekao je samom sebi. „Mome mestu su inače dani izbrojani."

Seo je zatim i pokušao da svrši svoje delo. U sobi je bilo tiho. To beše stan za samca drugog reda, s najpotrebnijim nameštajem i luksuzom: postelja zastrvena domaćom tkaninom i opkoljena vezenim jastucima, orman od lažne orahovine, talijanska dinastija na duvaru i umivaonik od lima. Pod je pokrivala nova prostirka koju je gazdarica kupila tu skoro i, sva srećna, unela je u ovu sobu. Prostirka je bila lepa, ali se suplentu nije dopadala; opominjala ga je suviše šara na zidu u devojačkoj sobi njegove žene.

Isekao je hartiju na polutabake, načinio prevoje za ispravke, umočio pero. Imao je toliko stvari da kaže! Dani su prolazili, a pero je visilo nepomično nad hartijom. Njegove misli se brkale. Činilo mu se da je pročitao u nekoj vrlo rđavoj knjizi sve što bi mogao napisati. Bacao je pero, polazio k vratima, posle se vraćao, sedao ponovo za posao. Osećao je instinktivno da mu je taj rad jedini oslonac što mu je ostao.

Levo, na stolu, stajala je hrpa ispisanih stranica. Skupi ih i stade prelistavati da uđe što bolje u predmet. On ih je počeo u Parizu, pun naučnog optimizma, donetog iz Srbije. Doista, kad se njegov duh stvarao, prirodne nauke dostizale su svoj vrhunac. Materijalna priroda i sile koje vladaju njome nisu više imale nedokučivih tajni. Ušlo se u prve vekove zemlje. Saznalo se kako su planine rođene, kako su živele jedna za drugom populacije koje je planeta hranila. Nauka je odredila svakoj zvezdi svoje mesto i put kojega se mora držati. Izmerila je Sunce, pronašla materije od kojih je sastavljeno. Ukrotila je grom i razoružala nebo. Problem života izgledao je vrlo prost i jasan. Darvin je definisao prirodne zakone tako silno da je njegova filozofija izgledala kao poslednja reč nauke. Darvin je bio Ilićev izabrani pisac. On je bio njegov božanski učitelj, u koga je verovao kao Turčin u Muhameda. Dela njegovih protivnika nije hteo čitati da ne gubi vreme.

Međutim, poslednjih godina, jačao je sve više protest protiv naučnog dogmatizma. Mladi suplent bio je prinuđen, protiv sve zlovoljc koju je osećao, da prati novi pokret da bi ga mogao suzbijati. Filozofi izilaze iz ledenog oblaka svojih formula, krhaju barijere koje dele nauku od života, literature i umetnosti. Materijalistički pozitivizam optužuje se s mnogo razloga da je hteo pretvoriti svet u ogromnu, mrtvu, parnu mašinu, da je sveo čoveka na jedan problem mehanike, na jednu vrstu žive geometrije. U nauci se čuje brujanje talasa revolucije. Izgleda kao da idemo u susret novog haosa. Šta se dešava među matematičarima, Ilić je mogao zaključiti iz knjige koja se pojavila te godine: *Misticizam u višoj matematici*. Anri Poenkare naslanja se u geometriji više na osećanje nego na razum. Ide se čak do fizike, pojavljuju se gledišta koja, ako se usvoje, prete donekle celoj zgradi, čije su temelje udarili Kepler i Galileo, Njutn i Dekart. Jedan od ozbiljnih mlađih filozofa proklamuje da razum daje samo karikaturu stvarnosti. Nove citadele romantizma dižu se protiv osveštanih istina kao protiv nekog intelektualnog apsa. Šta je ta Darvinova borba za opstanak, odabiranje, posledice nasledstva? Zar to nije drugim rečima: pravo jačega i veštijega, vlada aristokratije, ropstvo slabih? Zar to nije ukidanje svih principa *Jevanđelja* i Francuske revolucije? Pored borbe za opstanak i sveopšteg boja, čovek shvata stanje mira i sloge, pored odabiranja poima jednakost, pored ropstva slobodu. Istorija čovečanstva je sastavljena od kontrasta kao čovečji život: suprotnosti između raznih naroda i raznih epoha, opozicije u srcu jednog istog društva, protivurečnosti u karakteru jednog istog čoveka! Ljudska povesnica razvija se kao raznolik, čudan, izukrštan prizor. Običaji, vere, navike, ustanove, načini života, potrebe, snovi, ambicije, toliko neverovatno raznih prilika u kojima žive bića što je Darvin strpao sve u jednu vrstu! Pozitivizam nije poznao, ni video, ni razumeo, ni voleo ono čovečanstvo koje je otkrila psihologija naroda, psihološki roman individua i familija. On je bio obratio svu pažnju samo na spoljašnost, na izgled stvari i pokrete bića. Iliću su gorko dolazile na um Šekspirove reči: „Ima mnogo stvari na nebu i zemlji, Horacio, o kojima nema pojma tvoja filozofija". Ma koliko da mu je ova nova kritika pozitivizma izgledala da se otima svakoj formuli, da je puna relativnosti, anarhizma i vrtoglavice, on je osećao ipak da mu sve više prepreka sputavaju korak unapred.

Ostavi rukopis i pogleda tužno kroz prozor.

Napolju su radnici otkopavali neku obalu. Mršava, jadna kljusad vukla su zemlju u arabama. Među njima je Čedomir još ranije zapazio jednog konja, vrlo lepog, i čudio se otkud njega da upotrebe na taj prostački posao. Nije se razumevao u konjima, ali nije trebalo mnogo veštine pa da vidi da je ta životinja odličnog soja: visoke noge, razvijene sapi, mali trbuh, dlaka kao svila.

— Arap! Arap! — vikali su umiljato oko njega nadničari prvoga dana kad je doveden; milovali su ga po njušci, tapkali po sapima.

Arap je držao visoko svoju lepu glavu, i nije hteo da pogleda te odrpanice. Kad bi se kola napunila, osećao je sâm i kretao se bez komande. Siroto kljuse bilo je bolesno u obe noge, svakako od kakve neizlečive bolesti, pa ipak se sililo i htelo da sakrije svoju nemoć. Upregnuto užetima za taljige, pravilo je gimnastički korak ili kaskalo gospodski, kao da vozi kraljevski bračni par.

— Arap! Arap! — drao se pored njega ponosno najmljeni rabadžija.

To uvaženje gubilo se iz dana u dan. Nadničari su se navikivali na arapa. Sredina je činila svoje. Postao je obična taljigaška raga.

— Rđo! Mrcino! — psovke i udarci padali su sad obilno.

I ovog trenutka, arap je čekao da se kola napune otkopanom zemljom. Njegova dlaka nije više sijala. Sapi su mu smršale. Boja mu se promenila. To nije bio više arap. Glavu je spustio, oči zatvorio. Nije osetio, ili nije vodio računa, kad se kola napuniše. Rabadžija ga udari pesnicom po njušci. To je bio znak da se krene. I on pođe, vukući se, klimajući desno-levo.

„Spustio se na opšti nivo!", osmehnu se Ilić.

Nije se smejao arapu, sažaljevao ga je iskreno. On je sebe video u toj životinji. Zar on nije bio tako isto od dobrog soja? Njegov praded borio se junački za slobodu svoje zemlje, njegov ded je kmetovao dugo godina u svom selu, njegov otac, sa nešto malo škole, načinio je karijeru u državnoj službi. On pak bio je prvi đak u svakom razredu, četvorka je za njega bila uvreda, nikad je nije dobio. Desio mu se nesrećan slučaj. Kakav? Koji? Nije znao, ali mu je sad bilo jasno da nije ništa bolje sudbine od tog konja sa propalim nogama.

„Opšti nivo!... Opšti nivo!", ponavljao je bez veze.

Iznad obale, koju su radnici otkopavali, pojavi se sjajna sunčeva kugla. Ilić je pogleda pravo. On je tražio malo svetlosti na svom putu, kao što mornar traži zvezdu iznad uzburkanih talasa, neugašljiv plamen u buri, a pred njim se pojavljivalo sunce, čiji je zlatan sjaj oživljavao nebesno plavetnilo. Kako druga svetlost bledi pred njim, jadna, mutna svetlost naših, čovečanskih buktinja! Kako predstavnici škola i sekta izgledaju pred njim kao muve okamenjene u ćilibaru! Mi ne znamo gde idemo, mi znamo samo da smo na putu... Možda sve ove misli nisu dolazile na um mladom čoveku, ali slične svakako. Jer, kad spusti pogled na svoj rukopis, on priznade žalosno:

„Zalutao sam. Nije to što sam hteo. Prevario sam se u Darvina. Šta mi je trebao Darvin?"

Da je na njegovom mestu bio kakav veteran na peru, on bi produžio svoje delo takvo kakvo je, i našao mu logičan zaključak; šta bi ga se ticalo što bi to bilo protivno njegovom novom ubeđenju! Ali je Ilić bio još mlad, u dobu kad se piše iskreno i pošteno. Stoga produži pravim putem i pokuša da odvoji strane što su se osnivale na materijalističkom shvatanju, gunđajući:

— Možda različnim putevima može se doći do istine. Možda metafizičari imaju pravo. Možda je uzalud tražiti da se životu dâ vrednost u ljudskom smislu reči.

Ova hrabrost ne potraja dugo. On vide da bi mu od rukopisa ostalo vrlo malo, gotovo ništa. Trebalo je početi sve iznova. Ali se on osećao nesposoban za taj napor. Njegova misao je bila umorna, srce bolesno, volja nemoćna. To mu otkri njegov intimni poraz. Slično razoružanom ratniku, on je gledao svojim sopstvenim očima kako sve ide u propast. Oseti da mu se guša steže, oči počeše da ga svrbe, i njega obuze luda, bolesna žudnja da raširi ruke i da zavapi glasno.

— Imate li malo hartije? Treba mi za potpalu? — iznenadi ga jedan glas.

To beše njegova gazdarica. Dobra žena je bila otvorila vrata lagano da bi ga što manje uznemirila, i gledala u njega sivim, ostarelim očima koje su curile.

Ilić udari ljutito pesnicom po stolu. Posle reče brzo, usplahireno:

— Evo, na, drži! — i predade joj sve od svog rukopisa što je rukama mogao zgrabiti.

Otvori fioku od stola i poče bacati što god mu dođe pod ruku.

— Evo, na, evo još! — vikao je van sebe.

Ali je gazdarica već bila izašla.

— I ovo, i ovo, ne treba mi ništa! — i bacao je beleške, pisma, knjige, fotografije.

Ustavio se tek kad mu ruka dirnu nešto hladno. To beše revolver, onaj isti što ga je nekad pokazivao Zariji Ristiću. Da li se seti reči koje mu je tom prilikom rekao? Da li je sad bio istog mišljenja?

Njegove misli su nicale bez veze, nikakvog reda nije bilo među njima. Nezavisno od svega, seti se kako je jednog dana izišao sa ocem u polje. Bio je vrlo mali; to mu je jedna od prvih uspomena. Otac ga je uzeo za ruku; u pekarnici na kraju varoši kupili su hleba i sira. Na jednom brdašcu otac mu je objasnio četiri strane sveta: kod seljačke kuće bio je sever, niže, preko reke, jug, levo, u šljivaku, istok, a zapad, gde su pasla goveda. Seli su u ječam i užinali. Hleb je bio mek, sir divan, a apetit odličan; slatko je jeo i preslišavao se koje je jug, a koje sever. I docnije nije nikad zaboravio što je tu naučio.

Zatim mu pade na um kako mu je jedna gazdarica od stana ušla u sobu samo u košulji. Bio je u prvoj godini Velike škole. Došao je kući oko pet sati izjutra, pijan. Dočekivao je Novu godinu s drugovima, pa ga piće prevarilo. Njegov cimer-kolega nije se bio još vratio sa božićnjeg raspusta. Tek što je za sobom pritvorio vrata, kad ih gazdarica otvori, bosa, samo u košulji. Nosila je jedan veliki formular i molila ga da joj to ispuni, jer, kaže, žandarm joj naredio da to mora biti svršeno još tog jutra. To je bila lista za popis stanovništva. Gazdarica je imala žilav vrat i pupast trbuh. Rekao joj je da se ne brine, ostavio listu na sto, legao i zaspao.

Misli mu ponovo skrenuše u rodno mesto. Ono je vrlo lepo kad je vašar, okružna trka, zadušnice... naročito kad su zadušnice. One padaju uz časne poste. Već je proleće. Sunce obasja. Snegovi što su padali cele zime počnu da se krave. Pred dućanima su voštane sveće, obešeni svetnjaci; iza njih se plave šajkače, koporani. Vazduh mlak. Streje kaplju; po ledu se obrazuju potočići; voda struji, žubori, kao muzika. Zvona zvone. Nose se bardaci rakije. Na groblju, koje se iz daleka vidi, sneg okopneo; na svakom grobu poneko; izgleda kao da je groblje oživelo, kao da su mrtvi maločas ustali iz grobova, da još ne znaju da se nađu. Uostalom, on je tako zamišljao čas vaskrsa mrtvih, strašni sud, kad je u njega verovao.

Iznenadno, bez ikakvog uzroka, kao što se to dešava kod nervno razdraženih ljudi, obuze ga jedna duboka odvratnost prema svetu, prema svemu, a najviše prema sebi samom. Kao na slici, on je video ceo svoj život, celog sebe. Što je učinio jednu uslugu svojoj sestri, on se odrekao svoje porodice. Nikome nije privredio ništa. Nije zadovoljio devojku koju je uzeo za ženu. Načinio je zasvagda nesposobnom za sreću devojku koju je voleo. On je bio dobar kao Hristos, a malo je ljudi koji su počinili toliko zla svojim milim. Seti se poslednjeg razgovora sa Višnjom. Ona se trudila da se vrati na put kojim je išla pre nego što ga je poznala. Ona je prikupljala svoje siroto iskustvo kao brodolomnik na pustom grebenu što sabira krte ostatke razbijene lađe da od njih načini spasonosan splav. Da li će se spasti? Da li će doploviti do mirnih voda kakvog gostoprimnog pristaništa?

Na ulici zatandrka nešto. To su se vraćala prazna kola za svoj novi teret. Među njima je bio i arap. Nosio je i sad glavu oborenu i klimao desno-levo. Čedomir zadrhta. Ta kljusina učini mu se kao avet koja ga goni, kao život koji mu ostaje, kao on sâm. Okrenu se od ulice s tvrdim rešenjem da je više ne vidi. Pogled mu se zaustavi na zelenom tepihu svoje sobe. Jedna misao, daleka, tamna, jedva shvatljiva, opomenu ga radosti sa kojom je gazdarica unela tu prostirku.

— Šteta je uprljati tako skupu stvar — reče glasno.

Diže se polako. Noge su ga jedva držale.

— Možda će to biti jedino dobro koje sam učinio u životu — reče još, gledajući u prostirku.

U predsoblju ču kako gazdarica radi nešto u kujni. Uhvati za kvaku i izađe.

— Arape! Strvino! Gade! Lipsotino šinterska! — grdio je ponovo rabadžija.

Pucanj odjeknu.

Napolju je inače bilo tiho. Na obali se videlo parče jedne šumice: vrhovi od jela, dva-tri jasena, široko lišće od oraha i buket procvetale zove. Gore, nadnosilo se nešto neba, s grupom osvetljenih oblaka oko bledog azura. U obližnjoj kasarni vežbali se vojnici i čula se promukla, daleka i kratka komanda: „K no-zi!"

XXVI

Da li je to bio slučaj? Ili zaista neka viša sila upravlja našim mislima? Te iste noći Višnja je sanjala da se udaje za Čedomira. San je bio tako jak, da se probudila sva uzdrhtala, i nije mogla više zaspati. Zaman je gonila njegove slike. One su se javljale ponovo, nicale oko nje, obuzimale je protiv njene volje, kao iskušenje, i devojka bi se stresla od neke slatke, nesnosne jeze koja ju je poduhvatala celu, od vrhova prstiju pa sve do čela i glave.

Sanjala je da su išli peške, kao u selu. Bilo je u svatovima mnogo sveta, gde je poznavala izvesna lica, od kojih su neka živa, a većina su umrla. Nije bilo devera, nego je Čedomir išao pored nje, šaputao joj nešto poverljivo, gledao ju je netremice, željno. Prolazili su pored poznatih mesta; čas bi to bio Beograd, čas Čačak, čas selo u kojem je živela. Posle se ta scena promenila. Nastao mrak. Ostala je sama sa Ilićem. Nju je obuzimao stid, pa radost, pa želja neka da je nestane, da se istopi polako, kao komad leda. Čedomir ju je uzeo za obe ruke, privlačio ju je k sebi, kleknuo je pred njom, zagrlio je oko pasa, pritisnuo glavu na njene grudi, na telo. Osetila je taj zagrljaj kao živ. Svest joj se gubila. U ušima zujala blaga muzika, otegnuti tonovi koji opijaju. Plave i modre vrvice njihale se pred njom i oko nje. U usta joj je naviralo jedno slatko piće, kao greh. Pomrčinu zameni blesak jake svetlosti. Pred njom se ukaza gomila sveta, tako velika kao da se skupio narod sa cele planete. Svi su je gledali sa užasom. Nije bilo nijednog simpatičnog pokreta. Ali im je ona prkosila svima. Mahala rukama, bacakala noge, okretala se u baletu i tražila očima Čedomira da mu pošalje poljubac.

Višnja zadrhta ponovo. Uzbaci rukom jedan pramen kose što joj je padao na čelo, i jeknu bolno:

— Šta je ovo meni? Ja neću to! Ja se gnušam toga sna!

Devojka se ujede za usnu. Krv osoli njenu pljuvačku. Navuče pokrivač do usta, okrenu se na drugu stranu, zatvori oči i pokuša da ponovo zaspi, kao dotle, mirno, ne misleći ni na šta. U jednom trenutku učini joj se da će se uspavati. Ali ju je jastuk žuljao, obuzimala je želja da ponovi balet, nesnosna vrućina pekla ju je iz postelje, grudi drhtale, telo se znojilo i pod kožu joj podilazili neprijatni žmarci. U sobi je bio još mrak. Časovnik je kucao na stolu. Njegov glas bi se utišao pokatkad, da se jedva čuje; zatim se dizao jače, lupao gotovo, i čeličnim zvukom ispunjavao odaju kao nešto živo. To je bilo veliko, to je bilo strašno, čas tišina smrti, čas uzbuna mrtvih stvari, jedno bojno polje u noći sa svim užasima koji se pojavljuju i onima koji se nagađaju. Višnja se uplaši i viknu svoju koleginicu:

— Anice... Anice!

Niko je ne ču.

Devojku je obuzimala vatra sve više. Slika Čedomira, njegovog zagrljaja i onog besnog kankana pred tolikim svetom, nije je ostavljala. Glas časovnika nanosio joj one opojne tonove, šaputao polurazumljive reči. Ona nesvesno zbaci sa sebe pokrivač, i osta tako, izvaljena na leđa, poluotkrivena i dišući duboko, žedno, kao da se podavala mlakom vazduhu koji se zavlačio pod rublje.

— Šta ja ovo činim od sebe? — osvesti se ona, i skoči sa postelje kao da se brani od nečijeg nasrtaja.

U sobi je bilo sve mirno. Časovnik je ponavljao pravilno svoje metalno „tika-tak", „taka-tik". Htede da probudi Anicu. Posle se zastide. Kako da joj objasni to što je krila od same sebe? Ipak, u postelju nije htela ići.

Pogleda na sat. Bilo je još rano. Obuče svoju sobnu haljinu, podiže jedan kraj od zavese, i posadi se kraj prozora. Napolju je svitalo. Kratka letnja noć dizala se lagano, kao magla, i otkrivala širok šor, pun otvrdlog blata, nakrivljene plotove, divlje šiblje i jedan plast sena usred mokre livade. Nekoliko pevaca krečalo je po selu. Devojka se oseti slobodnijom u prisustvu ove stvarnosti. Negde zaškripa đeram. Jedan pas zalaja.

Posmatrajući to buđenje svoga sela, ona pokuša da hladnije misli o svom uzbuđenju.

„Otkud ovaj san, ovaj bol?", pitala se u čudu.

Napolju se mrak povlačio sve jače. Po šoru je igrala neka siva svetlost. Raspoznavale se konjske nogostupice u otvrdlu blatu. Jedno belo parče neba ukazivalo se na istoku. Zvezda bilo manje.

Višnja se strese. Bilo joj je hladno. Prebaci jedan šal i posadi se opet kraj prozora. Prijalo joj je da tako gleda kako zora sviće. Nešto veliko i utešno dolazilo joj je iz tih konjskih nogostupica i razlistale prirode, koja se u rosi zorinoj kupala bezbrižno, razbludno. Osećala se neka jaka vonja na vlagu, znoj, na čovečje meso. Čula se ponovo ona opojna muzika iz sna. Kroz vazduh su se prepletale one plave i modre trake. Za prvi put, devojka se podade tome osećaju, golicavom, uzbudljivom, slađem od svega što je dotle okusila. Skoliše je ponovo misli o Čedomiru, o tome šta bi bilo kad bi postao njen muž, o njoj samoj. Ona je zrela kao zrela voćka, nevina kao divlja ruža. Zima je popusti. Njeni se obrazi zaplamiše. U srcu oseti toplinu. Uspi usnama i reče:

— I Čedomir... čudna mi čuda! Za njega i jesu kojekakvi bogalji. Ju, gospodina — dodade posle glasno, pa zbaci ljutito šal sa sebe. — Mustra bečka, bogalj je i sam, bogalj, bogalj, bogalj.

Lupnu prkosno pesnicom o pesnicu i ponovi:

— Bogalj, bogalj, bogalj!...

Ona je sad prezirala svoga dragana, toga čoveka sa nogama kao u rode, s pretencioznom glavom i prevrtljivom dušom. Što joj se nekad dopadalo kod njega, činilo joj se ovog puta ružno, sebično, odvratno.

— Mizerija! — reče prezrivo na njegov račun, ustade sa svog mesta, pređe preko sobe, pa se zaustavi kod ogledala.

Htela je da vidi na njoj samoj koliko ga mrzi. Jedan kraj njene haljine bio se otkopčao, te se videlo parče belog veza na košulji. Višnju obli rumen. Učini joj se da to vidi na nekom drugom stvorenju. Okrenu se po sobi, kao da se bojala da ne bude primećena, pa se opet zagleda u čipku, u košulju, u dva okrugla talasa koja su se dizala i spuštala ispod platna. Dođe joj da ode od ogledala. Jedna suza vrcnu u njenim očima. Nešto jače od nje zapovedalo je sad njome, i ona raskopča haljinu do dna.

Gomila raznih osećanja ispunjavala je sad njenu dušu. Kao vrhunac svega, bila je nestrpljiva želja da napakosti Iliću, svetu, samoj sebi.

Jednim pokretom zbaci sa sebe haljinu.

Pred ogledalom je stajala Višnja u noćnoj košulji, bosa. Kao van sebe, gledala je svoju sliku, sliku ne nje, nego druge žene, ne žene, nego nečije nagote. Njene oči su dobijale čudan sjaj i upijale se u čipkanu košulju, u divna okrugla ramena, u rumenu kožu bosih nogu.

— Evo me... uzmi me! — promuca njen glas.

Devojka je padala u sve veći zanos. Skupi košulju pozadi i priteže je. Vrvice na ramenima prskoše. U belini platna razviše se crnpuraste, dozrele grudi. Ona se nasmeja. Oštar smeh zacika po sobi. Nasmeja se i ono telo u ogledalu razvučeno, sablažnjivo.

— Uzmi me — šapnu jače.

„Uzmi me", šaputalo je sve u sobi.

Platno se sroza niz mišice, obesi se o bedra, da se posle skliza na pod. Devojka podiže ruke kao da se predaje cela bezbožnom priviđenju koje se javljalo na ogledalu. Zatim se dohvati za glavu i rastrže pletenicu. Plava, svilena kosa se prosu kao talas, upi se u njena leđa. Ona vrisnu:

— Čedomire, uzmi me!

I stropošta se na tle.

— Koleginice? — ču se glas iz druge sobe.

Stara devojka ponovi još jedanput:

— Koleginice?

Kad se niko ne odazva, ona se pomoli na vrata: zbrčkanog lica, povezane glave, zgurenih pleća.

— Šta ti je, Višnja? — upita Anica, i pogleda u sobu neodređeno.

Mlada učiteljica je ležala nepomično na podu, pred posteljom. Kroz otkriven prozor ulazio je jedan ružičast snop prvih sunčevih zrakova. A dalje, po šoru, pocrnelim krovovima i raštrkanom selu, priređivala je zora veličanstven vatromet. Anica potrča hitro da povrati svoju drugaricu. Ali, na pola sobe, ona se zaustavi kao zadržana jednim grčem. Pred njom je ležalo nago, mlado telo, zabačenih ruku, nabreklih grudi, ustreptalih slabina i očiju staklastih kao da duša sanja neki vanzemaljski san, telo nago, božanstveno u svojoj nevinosti, satansko u svojoj lepoti. Usedelica se zbuni. Okretala se blesasto po sobi. Krize su kod žena zarazne. Ona napreže sve što joj je ostalo od svesti, dočepa čaršav sa postelje, prebaci ga preko svoje drugarice, kleče pored nje, podiže joj glavu svojim izanđalim rukama i, obuzeta onim prisnim sažaljenjem koje može da oseti samo žena prema ženi, šaptaše joj materinski:

— Višnja... slatka Višnja, probudi se, ustani; ne gledaj me tako. Našla sam ti divna momka, razberi se, udaćemo te, Višnja, udaćemo...

— Čedomire, ah moj Čedomire! — protepa devojka u zanosu.

Zaman je Višnja zvala svog dragana. Njega nije bilo više među živim. Ostalo je samo njegovo telo, koje je u tom trenutku, nago i pokriveno platnom, kao i Višnjino, počivalo na mermernom stolu u hirurškoj dvorani beogradske bolnice. Jedna mlada, hroma žena usprotivila se izlišnoj sekciji koju je zakon naređivao i tražila odlučno da joj se mrtvac preda na sahranu.

Beograd, avgust 1911 — mart 1913.

BELEŠKA O PISCU I DELU

Milutin Uskoković, istaknuti srpski književnik, pravnik i doktor nauka, rođen je 1884. godine u Užicu. Jedan je od najznačajnijih pisaca srpske moderne sa početka dvadesetog veka i najveći književni stvaralac koga je Užice iznedrilo pre Prvog svetskog rata.

Osnovnu školu i šest razreda gimnazije završio je u Užicu. Školovanje je zatim nastavio u Beogradu, a zanimljivo je da je u Beograd iz Užica došao peške. Tu je završio sedmi i osmi razred gimnazije. Studije prava na Velikoj školi upisuje 1902. godine.

Budući poreklom iz osiromašene trgovačke porodice bez stalnih izvora prihoda, i koja je imala jedanaestoro dece, Uskoković tokom školovanja prima državnu stipendiju, ali se i sam izdržava, daje časove učenicima iz bogatijih porodica, raznosi namirnice, pere sudove po kafanama na periferiji, a kasnije radi i kao praktikant u Državnoj statistici, Opštinskom fizikatu i Ministarstvu unutrašnjih dela. Za skroman honorar sarađuje i sa mnogobrojnim beogradskim listovima.

U redakciju Politike stupa odmah po njenom osnivanju 1904. godine.

Po završetku studija zapošljava se u Carinarnici Beograd, a početkom 1907. započinje svoju diplomatsku službu u Srpskom konzulatu u Skoplju. Ubrzo nakon toga, 1908. godine, uzima trogodišnje odsustvo i odlazi u Ženevu kako bi pripremio doktorsku disertaciju iz oblasti međunarodnog prava.

Tokom boravka u Švajcarskoj Milutin Uskoković intenzivno se obrazovao i u drugim oblastima, najviše u književnosti (francuskoj, ruskoj i nemačkoj), ali i filozofiji, istoriji, umetnosti, i pojedinim prirodnim naukama.

U Ženevi se oženio mladom i obrazovanom ćerkom vlasnice pansiona u kome je stanovao, Babetom Fišer, uprkos velikoj razlici u godinama.

Nakon što je 1910. odbranio doktorsku tezu na Univerzitetu u Ženevi i stekao titulu doktora pravnih nauka, vratio se u Beograd i dobio službu u Carinskoj upravi. Radio je različite činovničke poslove u više državnih institucija i ministarstava.

Početak Velikog rata dočekao je u Skoplju gde je radio kao sekretar u Trgovinskom inspektoratu Ministarstva narodne privrede. Sa velikim optimizmom doživeo je pobede srpske vojske na Ceru i Kolubari, i bio uveren da će uskoro doći čas celokupnog srpskog oslobođenja i ujedinjenja.

Veliko razočaranje i smrt nastupaju nedugo posle toga. Teško stanje srpske vojske na frontu i njeno povlačenje pred austougarskom, nemačkom i bugarskom ofanzivom, prinudili su i Uskokovića da u jesen 1915. godine iz Skoplja krene ka Prištini. Stigavši u Kuršumliju, bolešljiv, razočaran i preterano osetljiv, u trenutku potpunog beznađa i psihičkog rastrojstva, Uskoković je izvršio samoubistvo skočivši u nabujale talase reke Toplice. U oproštajnom pismu je napisao: „Ne mogu da podnesem smrt otadžbine."

Njegova smrt tada nije bila adekvatno propraćena. Zbog teške ratne situacije, tek malobrojne novine objavile su nekrolog, i to sa zakašnjenjem.

Nekoliko pomena i književnih večeri posvećeno mu je u periodu između dva rata. Kolo srpskih sestara iz Užica 1936. godine postavilo je spomen ploču na kući u kojoj je živeo.

Udruženje profesora, nastavnika i učitelja podiglo je Uskokoviću 1953. godine spomen-bistu u centralnom kuršumlijskom parku, a dve godine kasnije spomen-bista je postavljena i u Užicu, u parku kraj reke Đetinje.

Pored *Došljaka*, *Čedomir Ilić* (1914) drugi je Uskokovićev roman iz beogradskog života. Jedan je od najupečatljivijih romana srpske moderne. Posvećen je poginulim Srbima u ratovima 1912. i 1913, a samo godinu dana po njegovom objavljivanju, Uskoković je, skočivši u reku, izvršio samoubistvo. Odlučno napustivši tradiciju srpske realističke proze, ovaj talentovani slikar beogradskog ambijenta kroz ljubavnu priču Višnje i Čedomira prikazuje tragičan položaj mladih iskorenjenih intelektualaca bačenih u svet koji ne doživljavaju kao svoj. Izgubljeni u lavirintu modernoga grada, ovi došljaci uporno, ali čini se uzaludno, pokušavaju da pronađu svoje mesto u društvu koje se naglo razvija, a koje im zauzvrat ne ostavlja ništa do teskobe u duši.

Milutin Uskoković
ČEDOMIR ILIĆ

London, 2023

Izdavač
Globland Books
27 Old Gloucester Street
London, WC1N 3AX
United Kingdom
www.globlandbooks.com
info@globlandbooks.com

Naslovna fotografija
Nick Fewings
(https://unsplash.com/photos/H56zKzVuSP4)

Printed in the USA
CPSIA information can be obtained
at www.ICGtesting.com
LVHW021345051023
760085LV00064B/1906